마광수, 性과 죽음의 진실

일러두기

- 가급적 사실을 토대로 써 내려갔지만 글의 흐름상 픽션이 불가피한 부분에서는 개연성에 바탕을 둔 허구적 설정임을 밝힌다.
- 내용상의 기고문·어록 등은 주요골자가 손상되지 않는 범주내에서 첨삭·윤문했음을 밝힌다.

마광수, 성性과 죽음의 진실

초판 인쇄 2025년 6월 16일
초판 발행 2025년 6월 20일

지은이 현진숙
전화 3840-4509 (일본자택, 현재 일본 거주)
펴낸곳 도서출판 열림문화
주소 제주특별자치도 제주시 청귤로 15
전화 (064)755-4856
팩스 (064)721-4855
이메일 sunjin8075@hanmail.net
인쇄 선진인쇄사

ⓒ2025, 현진숙
이 책의 저작권은 저자에게 있습니다. 서면에 의한 저자의 허락없이
내용의 일부를 인용하거나 발췌하는 것을 금합니다.
저자와 협의, 인지는 생략합니다.

ISBN 979-11-92003-60-3

값 17,000원

※잘못된 책은 구입하신 서점에서 교환해 드립니다.

마광수

성性과 죽음의 진실

현진숙 장편소설

내가 죽은 뒤에는

내가 「윤동주 연구」로 박사가 되었지만

윤동주처럼 훌륭한 시인으로 기억되긴 어렵겠고

아예 잊혀져 버리고 말든지

아니면 조롱섞인 비아냥 받으며

변태, 색마, 미친 말 등으로 기억될 것이다

하지만 칭송을 받든 욕을 얻어먹든

죽어 없어진 나에게 무슨 상관이 있으랴

그저 나는 윤회하지 않고 꺼져버리기를 바랄 뿐

- 마광수 -

마광수, 성性과 죽음의 진실
차례

009 　프롤로그

013 　절정 그리고 고독한 여정

055 　상상을 심판하는 나라

109 　제 운명으로 살 수 없는 운명

151 　사라는 누가 죽였나

175 　에필로그

프롤로그

마광수, 그토록 논란의 중심에 있었던 인물도 있었을까. 그의 이름 석 자앞에는 '외설 작가' '변태교수' '구속' '유죄판결' 등 무시무시한 수식어들이 따라붙는다. 얼핏 보면 무슨 민주화 투사의 이력을 보는 듯 극적이다. 어느 나라가 일개 교수이자 문인 앞에 이토록 극적인 꼬리표가 달라붙을까. 얌전히 연구실 구석에나 앉아 탁상공론이나 하며 정의를 도덕을 외쳐야 할 교수가 감히 성역과도 같은 성性을 건드린 대가였고 욕망을 먼저 말한 대가였다. 상아탑을 박차고 나와 한국사회의 위선을 고발한 대가였다. 그 대가로 우리는 그를 대한민국이라는 신성한 도덕 사회로부터 영원히 유폐시키고 말았다. 하여 난 아직도 찾지 못했다. 그의 생을 무슨 말로 무슨 언어로 정의해야 할지, 후에 그가 과연 선구자라는 찬사를 받을지 그저 역사 속으로 사라져 간 한낱 필부로 남을지 아직도 판단이 서지 않는다. 그렇지만 이것만은 분명하다. 한국 최초로 성담론을 공론화한 선두주자라는 것, 한국 성문학의 정착을 위해 전인미답의 길을 걸었다는 것, 이것만은 분명하다. 또 하나 분명한 것이 있다. 한국에서 태어난 죄로 불행해질 수밖에 없었다는 것, 이것만은 분명하다.

부끄럽지만 고백하지 않을 수 없다. 누구보다도 개방성향이 강하다고 여겨왔던 자신조차도 여태 마광수라는 인물은 색色이나 밝히는 음란한 교수쯤으로 곡해하고 있었음을…… 그러던 것이 점차 그의 문학세계·사상 등을 접하며 오해·곡해하고 있었음을 깨달았다. 이 글을 쓰게 된 동기이자 출발점이기도 하다.

그렇다고 그의 사상·주상들에 전적으로 동조·공감하느냐고 묻는다면 선뜻 그렇다고 대답할 수는 없다. 다소 억지스러운 논리, 편견에 기반한 사상은 아닐까, 하는 의구심이 드는 부분도 적잖았기 때문이다. 물론 그렇다. 개개인의 가치관이 다르듯 누구나 그의 사상·주장들에 동조할 수는 없다. 그럴 필요도 없다. 그렇지만 동조할 수 없다고 해서 비난·매도할 권리도 없다. 왜냐하면, 어떤 사상·주장이든 시대상과 부합하느냐 않느냐 다시말해 보편적이냐 않느냐의 문제만 있을 뿐, 틀린 것은 없기 때문이다. 그럼에도 한국 사회는 그에게 철퇴를 내리쳤다. 다수만이 옳고 정의라는 암묵의 동조 속에……그 다수 속에는 나 너 우리 모두가 있다.

이 글을 완성함에 있어 마광수의 다양한 장르의 저서·어록 그리고 그를 조명한 책들을 반복·숙독하며 인물상을 탐구했고 힌트와 영감을 얻었다. 이러한 저서들을 바탕으로 그의 예술세계나 작품보다는 인간 마광수에 초점을 맞추려 했다. 섣불리 감정이입이나 사적 감정을 배제하며, 중립적인 입장을 견지하려 했음에도 만에하나 미화·곡해·고유성의 훼손 그리고 미처 재현해 내지 못한 부분이 있었다면 그건 오롯이 필자의 불찰이다.

비운의 넋 앞에 이 책을 바친다.

결정 그리고 고독한 여정

금요일 오후, 고등학교 동기로부터 술자리나 하자며 연락이 왔다. 수업이 끝나자 연극동아리 학생들에게 양해를 구한 광수는 서둘러 약속장소로 향했다. 시간에 맞춰 나오느라고 했지만 금요일 저녁이라서 그런지 차가 밀리는 통에 약속 시간보다 다소 늦고 말았다. 택시에서 내리자마자 재빨리 출입문을 열며 식당으로 들어서자 딱 눈이 마주친 인철이가 넉살 좋게 한마디 했다.

― 오, 우리들의 우상, 우리들의 선망, 마 교수님 등장!

 팔까지 추어올리며 인철이가 대뜸 한마디 하자 학생 때부터 걸쭉한 입담을 자랑하던 원용이가 이에 질세라 한마디 거들었다.

― 오, 우리들의 광마狂馬 드디어 마침내 등장!

― 광마? 광마라니?

 인철이가 금시초문인 듯 눈이 휘둥그레지며 원용이에게 물었다.

― 여태 몰랐었어? 중학교 시절부터 공부면 공부 글이면 글 그림이면 그림 하도 설쳐대는 통에 선생님들 사이에서는 광마, 그러니까 미친 말로 통했나 봐. 그래서 그게 별명으로까지 굳어지고만 거지. 하필 성도 마씨 이겠다…….

― 하하핫, 그으래? 역시 광수는 광수야. 그러고도 남지. 그야말로 광야를 질주하는 말처럼 동에 번쩍 서에 번쩍했었지. 언감생심 감히 넘볼 자가 없었어.

 원용이의 광마라는 한마디에 서로의 근황을 물을 틈도 없이 있는 추억 없는 추억 죄다 불러들이며 분위기는 일시에 고조되었다. 급히 마신 탓인지 벌써 취기가 달아오른 원용이가 좌중을 휘익 둘러 보며 다시 호기롭게 떠벌렸다.

― 너네, 그거 알아? 광수 성기 사건?

그러자 성호가 재빨리 되받아쳤다.

― 아암, 알다마다 그 유명한 사건을 어찌 잊겠어! 아마 그때 그림 주제가 '아담과 이브'였을걸?

광수는 그 출중한 그림 솜씨로 보란 듯이 성기를 적나라하게 그려 넣었고, 당황한 미술선생은 물감으로 몽땅 치부를 가려버린 사건 아냐! 더 가관인 건, 그게 전시회 출품작이었다는 거야!

상황이 이쯤 되자 이목은 다들 광수 쪽으로 쏠렸다. 한마디 하라는 무언의 신호였다. 마지못한 광수가 입을 열었다.

― 그림 주제가 에덴동산의 아담과 이브였으니 당연히 누드로 그릴 수 밖에…… 그런데 미술선생은 이건 아니라며 성기를 물감으로 막 덧칠해 버리는 거야. 난 정말이지 그게 더 이상했거든…… 진짜 난 아무렇지도 않았는데…….

― 푸하핫, 하하핫…….

한바탕 웃음이 가시기도 전에 원용이의 입담은 계속되었다.

― 성기 사건 정도는 약과야. 다들 알다시피 광수는 담배 한 대 입에 대어 본 적 없던 모범생이었잖아. 근데, 희한하게도 책만은 주야장천 야한 것만 골라 읽었다니까. 우린 마냥 코딱지나 다듬으며 코 흘리던 때에도 광수는 말이야, 포송령의 에로틱하고 판타스틱한 「요재지이」나 「금병매」 등을 독파했어. 중국에서 제일 야하다는 그 '금병매' 말이야. 젖비린내 풀풀 나던 꼬맹이 시절부터

금병매야! 금병매! 말이 돼! 하하하…….
 이쯤 되자 멋쩍은 웃음만 지어 보이던 광수도 어느새 고조된 분위기에 휘말렸는지 익살스럽게 한마디 했다.
 ─ 그러게, 원용이 말마따나 지금 생각해도 나 자신조차도 이해 불능일세. 관능적 센스랄까, 탐미적 취향이랄까, 타고났다 할 수 밖에…… 철들 무렵부터 여자들의 긴 손톱만 봐도 묘하게 짜릿했었으니까…… 딱딱하고 감각도 없는 듯하나 그 안에 생명력이 존재한다는 게 그렇게 신비스러울 수가 없었어. 그래서 더 집착했던 것 같고…….
 광수 말이 끝나기가 무섭게 원용이가 재빨리 받아쳤다.
 ─ 누구 말이더라, 가장 변태적인 놀이꾼을 우리는 천재라고 부른다고 했던 사람이…… 누구시더라? 누구시더라?
 광수도 대뜸 되받아쳤다.
 ─ 나야 나, 바로 나야, 광마가 그랬어!
 광수는 자신의 가슴을 쿡쿡 찌르며 인정한다는 제스처를 하자 원용이가 또 능청을 떨었다.
 ─ 역시 광수는 자타가 공인하는 천재야 천재, 그것도 아주 야한 천재 말이야!
 그래 맞아, 맞아. 이구동성으로 한마디씩 하며 좌중은 또다시 한바탕 웃음이 오갔다.
 주량이 약한 탓에 구석 자리에 앉아 안주만 먹고 있던 성호가 광수 곁으로 바짝 의자를 당겨 앉으며 물었다.

— 난 말이야, 네가 미술 쪽으로 진로를 정할 줄 알았어. 글도 글이었지만 그림 솜씨도 특출했었잖아…….

— 실은 문학보다는 미술에 더 애착이 있었던 건 사실이야. 하지만 알다시피 집안 형편이 여의치 않다 보니 부득불…… 어머니 홀몸으로 생계를 책임지고 있던 터라 당장 입에 풀칠하기도 어려운 형편에 그림을 그리려면 준비물이다 뭐다 구입해야 하고…… 그러려면 비용도 들 테고 게다가 선천적으로 약골이다 보니 그림에 쏟아부을 체력에도 자신이 없었고…… 그래서 펜과 종잇장만 있으면 가능한 문학 쪽으로……

그보다도 결정적인 이유는 따로 있었지. 고2 때던가. 기억 안 나? 국어 선생님의 추천으로 연세대학교에서 주최하는 '전국 고교생 문학 백일장'에 참가하게 되었고, 운 좋게 시 부문 장원으로 뽑혔잖아. 이게 문학 하는 결정적인 계기가 되었지. 그 여파로 연세대에 진학하게 된 거고…….

— 아 맞아, 맞아. 생각난다. 연세대 입학 시에도 4년 전액 장학금에 국어국문학과 수석 입학에 수석 졸업이었잖아……

아무튼 넌 그때부터 남다른 데가 있었어. 그야말로 군계일학이었어.

원래 조용한 성격이라 옆에서 잠자코 듣고만 있던 경민이가 술기운이라도 발동했는지 넌지시 물어왔다.

— 그나저나 학교생활은 어떤가? 듣자 하니 실력파라는 평판이 자자하던데……

타 대학에서까지 청강생들이 몰려든다며?

— 학교생활은 아주 만족하고 있어. 명불허전이라더니, 신촌의 야한 대학이라는 정평이 나 있는 만큼 역시 홍대는 홍대야. 워낙 미대생이 많고 규모도 작은 학교라서 그런지 학교 분위기도 세련되고…… 게다가 개방적이라서 홍대에서만 느낄 수 있는 멋과 낭만이 있어. 연세대처럼 무슨 거창한 이념을 표방하는 학교도 아니고 그래서 그런지 교수들도 화통하고…… 내 적성에 딱 일세. 선생 되길 잘했다는 생각이 들 정도니까…….

— 거참, 잘된 일이군.

그건 그렇고, 왜 하필 첫 부임지가 홍익대인감?

— 아주 우연이었지. 졸업을 앞두고 취업이냐 대학원이냐 고민하던 차에 주지하다시피 10월 유신이 터졌잖아. 나날이 경직되어만 가는 정국을 목격하다 보니 사회에 나와봐야 열정과 패기만으로는 어쩔 수 없다는 것을 일찌감치 깨닫고는 대학원 진학으로 마음을 굳혔지. 그래서 1973년 졸업과 동시에 동 대학원 국문학과 대학원으로 진학, 2년 뒤 석사 과정을 마쳤고, 그 이듬해에는 군 생활이 시작, 군 생활이라고 해봐야 홀어머니에 외아들이다 보니 6개월간의 방위병으로 복무한 게 고작이지만……

군 복무가 끝나자 곧바로 박사과정을 밟음과 동시에 모교인 연세대·한양대·강원대 등 시간 강사로도 출강했었고. 그게 1978년까지 이어지더라고……

박사과정 3년 째쯤 접어들자 스멀스멀 미래에 대한 불안이랄까,

초조감이 일기 시작하더군. 이러던차에 우연히 학교 신문철을 뒤적이던 중 '교수 채용' 광고가 눈에 들어왔고, 다름 아닌 홍익대에서의 국어교육학과 전임교수 채용 공고였지. 연줄은 물론 강사로도 출강한 적이 없었던 터라 반포기 상태로 일단 서류를 접수했지. 그런데 운 좋게도 홍익대로부터 합격통보가 온 게 아닌가. 이런 연유로 홍익대에 부임하게 된 거고…….

광수 말이 끝나기가 무섭게 원용이가 들고 있던 술잔을 단숨에 비우며 잽싸게 끼어들었다.

— 너네, 그거 알아? 광수가 국내 최연소 교수부임이라는 거? 그러니까 불과 27세라는 나이로 교수로 등용된 사람이 국내에서 광수가 처음이라는 거지.

이뿐인 줄 알아? 광수가 강사로 대학강단에 서기 시작한 게 25세였으니까 이 또한 국내 최연소로 대학강단에 서기 시작한 사람도 우리들의 우상인 광마, 바로 마광수라는 거지. 이게 말처럼 쉬운 일인가! 같은 동기로서 얼마나 자랑스럽고 뿌듯한 일인가!

잠자코 듣고만 있던 광수는 민망스러운지 물고 있던 담배를 비벼끄고는 자세를 고쳐 앉으며 말했다.

— 이 사람 떠벌리기는……

최연소 교수다 뭐다 해 봐야 초등학교를 남보다 일 년 먼저 들어갔고 한 해의 공백도 없이 대학원까지 마칠 수 있었고 집안 사정상 군 생활도 6개월 방위병으로 마칠 수 있었기에 가능했던 것뿐이었네.

그보다도 대광 중·고등학교 시절이 있었기에 지금의 내가 있는 거지. 너희들 말마따나 한껏 치기를 부리며 오만하기 짝이 없던 나를 너그럽게 품어준 그 시절의 선생님들과 너희들이 있었기에 오늘의 내가 있는 거지. 학교명이 대광大光인 만큼 말 그대로 나에게는 큰 빛이 되어 주었던 시절이었어. 예술적 상상력도 그때의 동아리 활동 등을 통해 키워졌던 거고……

뒤돌아보면, 내 인생에 대광 시절이 있었다는 게 큰 행운이 아닐 수 없어. 너희들과 동기였다는 것도 큰 행운이었고…….

그때였다. 좀체 속내를 내비치는 일이 없는 민철이가 취기가 발동했는지 자리에서 벌떡 일어나 마시던 술잔을 치켜들며 느닷없이 건배사를 외쳤다.

— 아, 푸르렀던 시절이여, 다시 한번! 아, 나를 스쳐 간 여인들이여 다시 한번! 아, 우리들의 광마, 영원하라!

좌중은 또 한바탕 폭소, 폭소…….

숯불 위로는 자글자글 고기가 익어가고 주거니 받거니 술잔은 넘쳐나고 백사장에 풀어 놓은 아이들처럼 그때 그 시절의 아이들만이 거기에 있었다.

정신없이 떠들다 보니 밤도 깊었겠다 이쯤에서 자리는 파하는가 싶었다. 아니었다. 예상외의 클라이맥스가 기다리고 있었다. 다들 기분 좋게 취기 오른 얼굴로 주섬주섬 갈 준비를 하던 차에 성호가 만면의 웃음을 흘리며 불쑥 내뱉었다.

— 너네, 그거 알아?

이 한마디에 이번에는 또 뭔가? 하는 호기심 찬 눈길로 일시에 성호에게 시선이 집중되었다.

— 그게 뭐냐 하면? 성기 사건보다 더 야한 사건이야. 아직도 내 작문 노트 귀퉁이에 딱 적혀 있거든…….

순간 광수는 알아차렸다. 고등학교 3학년 때인가 쓴 '낙원으로의 회귀'라는 시라는 것을…….

광수는 한사코 성호를 제지했지만 상황이 상황인 만큼 먹혀들어 갈 리 만무했다. 더 이상 기다릴 수 없다는 듯 다들 "어서 읊어 봐, 읊어봐" 하며 다그치자 성호도 못 이기는 척 목소리까지 착 깔며 읊어대기 시작했다.

> 아담과 이브가 / 그들의 성기를 가린 / 나뭇잎 잎사귀를 과감하게 떼어 버릴 수 있을 때 / 우리는 다시금 파라다이스로 / 되돌아갈 수 있으리!

— 캬~, 역시 광수는 타고났어, 타고났어!
— 어느 누가 감히 고등학교 때 이런 시를!
— 그런데 찬찬히 음미할수록 단순하면서도 뭔가 사유가 묻어나는 시인데…….

뜻밖의 시구에 다시 왁자지껄 한마디씩 던지는 사이로 원용이가 즉흥적으로 시구를 패러디하며 능청스럽게 외쳤다.

— 자, 자, 그러면 다들 나뭇잎 잎사귀를 과감하게 떼어 버린 채

각자의 파라다이스로 회귀! 회귀!

— 푸하핫…… 푸하핫…….

아무리 두터운 외투를 걸친들 사람 체온만 하겠는가. 박사학위 논문 쓰랴 연극지도 하랴 강의하랴 원고 쓰랴 분주한 나날을 보내고 있던 광수로서는 실로 오랜만에 맛보는 여유로움이었고 기쁨이었다. 정말이지 타임머신을 타고 세상 모르던 철부지 시절로 되돌아간 것처럼 마음이 평온해 왔다. 아무리 마음이 평온해 온들 끝나지 않는 파티가 어디 있으랴. 광수는 조만간 재회를 약속하며 아쉬운 발걸음을 돌렸다.

광수는 오늘도 학생들과 연극연습이 끝나자 홍대 앞 카페로 몰려가 저녁을 먹으며 연극에 대해 토론하고 있었다. 부임과 동시에 '홍익극 연구회' 지도교수를 맡으며 중·고등학교 때부터 빠져 있던 연극 활동을 계속해 나가고 있었다. 학생들과 호흡을 같이하며 한 작품 한 작품 완성해 나가는 것이 그렇게 재미있고 보람찰 수가 없었다. 어떤 날은 밤을 새우다시피 하며 공연준비 할 때도 있었고, 공연이 끝나는 날이면 어김없이 카페로 몰려가 학생들과 술잔을 기울이며 연극과 문학을 토론하기도 하고 또 어떤 날은 부조리한 현실에 분개하기도 했다. 종강을 앞둔 금요일 저녁이면 교수들과도 호탕한 술자리를 하며 돈독한 유대를 다져 나갔다. 그야말로 하루하루가 절정이었다.

강의라고 예외는 아니었다. 최연소 교수에 실력파라는 평판이

자자하자 인근 대학의 학생들까지 몰려드는 통에 강의실은 늘 초만원이었다. 족속끼리는 통하는 법, 그중에서도 특히 미대 여학생들에게 인기가 많아 수강생 중에서도 미대생들이 압도적이었다. 이러다 보니 어찌 로맨스인들 없겠는가. 교수라고는 하나 아직은 젊디젊은 20대, 역시 미대생들이 댓자곳자 접근해 왔고 거침없이 프러포즈해 왔다. 광수가 먼저 대시하는 일은 없었지만 그렇다고 굳이 숨길 이유도 꺼릴 이유도 없었다. 싱싱한 청춘 남녀가 사랑을 나눈다는데 누가 막으랴. 하지만 육체관계에서만은 엄격했다. 젊은 혈기에 순간의 사랑에 빠져들 때도 있었지만 페팅 위주의 성교만 할 뿐, 그 이상은 없었다. 첫 육체관계는 결혼 첫날밤이라는 나름의 철칙이 있었다. 이 철칙은 첫사랑과도 유효했다. 무엇을 숨기랴. 대학 2학년 가을, 연극을 계기로 첫사랑이 찾아왔었다. '노름의 끝장'이라는 연극에서 주인공 역을 맡아 출연했었고, 연극을 본 타 대학 여학생이 접근해 왔다. 처음에는 내키지 않아 몇 번 거절했지만 끈질기게 대시해 왔고 그러는 사이 호기심이 발동해 데이트에 응했다. 아니, 속내는 그게 아니었다. 순전히 계절 탓이었다. 그녀를 향한 호기심도 없지 않아 있었지만 유독 가을을 타는 까닭에 그녀를 통해 외로움이라도 달래볼 심사로 데이트에 응했었다. 그런데 생각지도 않게 첫 데이트에서부터 의기투합했고, 그 이후로도 시간이 났다 하면 무조건 명동으로 달려가 아슬아슬 통행 금지 시간 직전까지 마셔댔다.

그러던 어느 날, 정신없이 마시다 보니 통금시간을 넘기고 말았다. 하는 수 없이 서둘러 허름한 여관방으로 기어들어가 피곤과 술에 찌든 채 곯아떨어지고 말았다. 타는 갈증에 눈을 뜬 광수는 주전자의 물을 들이키며 방안을 둘러보자 고양이처럼 웅크려 잠들어 있는 그녀가 시야에 들어왔다. 마저 화장 지울 새도 없이 잠에 취했는지 얼굴의 파운데이션이 땀과 섞여 끈적끈적 엉켜있었고, 반쯤 벌려있는 입술 사이로는 립스틱이 번져 있었다. 그야말로 전형적인 백치미에 어딘지 애잔한 분위기마저 풍겨왔다. 순간 불끈 욕정이 일었다. 철들 무렵부터 동경해 마지않던 인공미의 야한 여자를 보는 듯한 착각에 한번 솟은 욕정을 자제할 길이 없어 그녀의 젖무덤을 문지르기 시작했다. 부스스 잠에서 깨어난 그녀도 상황판단을 했는지 싫은 기색 없이 애무에 응해 주었다. 난생처음 육체관계였다. 육체관계라고는 하나 다만 애무와 페팅이었을 뿐, 직접 성교는 없었다. 정해진 레퍼토리마냥 술과 끈적끈적한 페팅을 즐기는 만남은 4학년 봄까지 이어졌고 흐지부지하는 사이 첫사랑은 막이 내렸다.

각설하고.

강의하랴 연극지도하랴 바쁜 나날 속에서도 논문 쓰는 일만은 게을리하지 않았다. 하루라도 빨리 논문이 주는 중압감에서 벗어나고 싶은 일념에 주말도 잊은 채 논문과 씨름하는 나날이 이어졌다. 논문 주제는 '윤동주 연구'였다. 윤동주를 논문주제로 택한 이유는, 연세대의 모교 선배라는 점과 순결한 시어들에 비해 평가가 저조한 편이라는 생각도 한몫했지만 그보다도 어린애 같은 순수한 시 세계와 끊임없이 자신의 내면을 고백하며 자신에게 솔직한 점에 매료되어 논문 주제로 택했다. 몇 년간 그의 시 세계를 분석하는 사이 시 전반에 흐르고 있는 '부끄러움'의 정서를 발견, 이를 체계적으로 정립해 나갔다. 그 바쁜 와중에서도 밤낮으로 매진한 결과 마침내 1983년, 연세대 대학원에서 문학박사 학위 취득을 했고, 이로써 한국 최연소 박사학위 취득자가 되었다. 동시에 스스로 밝히기가 좀 그렇지만, 윤동주를 한국 문학사에서 정당한 평가, 정당한 위치를 되찾아 줌으로써 윤동주 연구의 대가로 우뚝 서게 된 것이었다.

　월요일, 기분 좋게 출근하자 예상외의 일이 기다리고 있었다. 모교인 연세대 국문학과 은사님 두 분이 홍익대로 찾아왔다. 이유인즉, 박사학위도 취득했겠다 모교로 채용하기 위해 친히 방문한 것이었다. 광수는 난색을 표했다. 모교인 데다 딱히 거절할 이유는 없었지만, 홍대에서의 생활에 만족하고 있던 터라 선뜻 내키지 않았다. 더구나 연세대는 기독교 이념을 표방하는 데에다 학교 풍토도 홍대와는 달리 보수적인 편이라는 것도 익히 알고 있었기에 더 난감했다. 하지만 은사님의 간곡한 권유도 차마 매몰차게 거절할 수가 없었고 더욱이 교수라면 누구나 바라는 모교에의 귀소본능도 쉬이 떨쳐 버릴 수가 없어 홍대를 떠나기로 결심을 굳혔다.
　자의 반 타의 반으로 꿈만 같았던 5년간의 홍대 생활에 종지부를 찍은 광수는 84년 봄, 모교에서 국문학과 교수로 재직하게 되었다. 이 전기轉機야말로 인생길을 바꿔놓는 길고도 긴 질곡의 여정임을 아는지 모르는지 연대 캠퍼스는 파릇파릇했다. 발밑으로 무수히 봄꽃들이 흩날렸고 그 사이로 낭랑하게 떠들며 걸어가는 학생들도 파릇파릇했다. 아무리 홍대에서의 생활이 아름다웠다 한들 모교가 아니던가. 정치적 격변기의 대학시절에는 자욱한 최루탄 냄새로 진동하던 신촌 캠퍼스였지만, 새로운 감회와 함께 고향에라도 온 듯 정겹기까지 했다.

연대 생활도 홍대 때와 별반 달라진 것은 없었다. 홍대에서처럼 '문우극회' 지도교수를 맡으며 연극에 열성을 쏟았고, 연극연습이 끝나면 홍대 앞 카페 대신 명동주점으로 몰려가 학생들과 어우러져 술 마시고 춤을 추기도 하고 때로는 예술과 연극을 토론하기도 하며 바쁜 나날을 보냈다.

강의 또한 대성황을 이루었다. 어느새 학생들 사이에서는 '제대로 알게 되면 탄복할 수밖에 없다.'는 말까지 나돌며 매번 수강 신청 경쟁은 치열했다. 타과만이 아니라 타 대학에서까지 수강생들이 쇄도하는 통에 부득불 강의실이 아닌, 대강당에서 강의하는 일까지 비일비재했다. 강좌당 수강생이 1,500여 명에 육박하는 때도 있었다. 전무후무한 일이었다. 명실공히 대한민국 최고의 인기 교수라 해도 손색이 없었다.

광수는 첫 수업 때마다 학생들에게 입버릇처럼 강조하곤 했다. 성경의 한 구절이자 연대의 교훈이기도 한 '진리가 너희를 자유케 하리라.'를 역으로 '자유가 우리를 진리케 한다.'고 역설했다. 이 말인즉, 진리라고 하면 완전무결한 가치인 것처럼 보이나 세상에 고정불변한 가치란 존재하지 않는다며, 진리도 예외일 수 없다고 했다. 오히려 잘못 고착된 진리는 폭력·도그마·편견으로 변질되어 비극을 초래한 예도 적잖다고 했다. 가까운 예로 조선조 5백 년의 당생의 비극, 히틀러의 유태인 학살, 몇몇 통치자들에 의한 전쟁의 비극 등의 예가 그렇다고 했다. 그러면서 광수는 진리보다는 자유롭고 유연성 있는 자유가 선행되어야 하고, 궁극적으로 그 자유가 진리를 발견하고 진리에 이르게 한다며, 진리보다는 자유를 우위에 놓았다. 이는 아직 젊은 학생들에게 특정 이념이나 이데올로기에 구애받는 일 없이 자유롭게 모든 사상을 두루 섭렵하기를 바라는 마음에서 첫 강의 때마다 학생들에게 강조하곤했다.

이처럼 기존의 틀을 깨는 파격적인 강의 스타일은 획일적인 수업 방식에만 길들여져 있던 젊은이들을 매료시키기에 충분했고, 노골적인 성담론과 상식선을 깨는 자유분방함으로 수강 전에는 다소 거부감을 느끼던 학생들도 중간쯤 접어들 때면, 수긍하고 동조하는 쪽으로 바뀌며 긍정적인 평가를 내렸다. 새로운 관점과 동기부여를 제공해주고 지적 호기심을 자극하는 강의는 타 교수들에게는 도저히 느낄 수 없는 어떤 해방감마저 맛보게 했다.

과제나 시험문제 또한 독특했다. 야설쓰기였다. 일견 유치한 듯 하나 뚜렷한 목적에서 나온 발상이었다. 하나는, 성에 대한 편견을 없애고 열린 사고를 심어 주기 위함이었고 또 하나는, 문학도 재미있는 주제로 쓰다 보면 독창성도 키우고 창작에의 기쁨도 맛보게 할 수 있지 않을까, 하는 의도에서였다. 이따금 강의 도중 담배를 피워 무는 일도 있었지만, 제자 사랑은 남달랐다. 언제든 학생들이 들락거릴 수 있도록 연구실 문을 개방해 놓았고, 누가 어떤 말을 하든 귀담아들으려 노력했고 부담 없이 말할 수 있도록 배려했다. 타 교수들이 하지 못하는, 아니 하지 않는 일들도 거리낌없이 학생들 편이 되어 소통하고 공유하며 좋은 의논 상대가 되어 주었다. 일찌감치 교수로서의 권위나 위선 따윈 벗어 던진 지 오랜 광수는 지위를 이용하여 여느 교수들처럼 학생 위에 군림하려 하지 않았다. 군림은 고사하고 학생들이 꾸벅 인사하면 똑같이 고개 숙여 인사할 정도로 신분 고하를 막론하고 사람 대하는 태도는 한결같았다. 사제지간이라기보다는 똑같은 인간으로 대등한 입장이라는 생각에서 대학강단에 설 때부터 줄곧 그래왔다. 이러다보니 강의실은 늘 학생들로 북적였고 열린 감각과 언행일치의 모습에 학생들은 저절로 광수를 믿고 따랐다. 글 소재 또한 학생들과의 소통 속에서 찾았다. 학생들의 리포트를 참고하기도 하고 학생들과 격의 없는 소통을 통해 글감을 찾곤 했다.

수업을 마치고 막 퇴근하려는 순간 노크 소리가 들려왔다.
— 예, 들어오세요.
— 저어, 교수님, 시간 좀 내주실 수 있으세요?
— 그럼요, 들어와요.
— 저는 의예과 3학년의 박성수라고 합니다. 지난 학기에는 교

수님의 '문학과 성' 강의도 들었고요.
 — 아, 그래요. 하도 학생들이 북적거리는 통에 일일이 기억할 수가 없어서······.
 광수는 커피믹스를 타서 내놓으며 소파에 앉길 권유했다. 지근거리에서 본 성수는 훤칠한 키에 곧게 뻗은 콧날에 연한 보라색 안경테가 의대생답게 더욱 이지적으로 돋보이게 했다. 커피를 내밀자 두어 모금 마신 성수는 무슨 말을 하려다 말고 이내 화제를 바꾸며 강의 들었던 소감을 털어놓았다.
 — 지난 학기에 교수님 강의를 처음 들었을 때는 적잖이 당황스럽고 놀랐습니다. 대담한 성담론에 적이 당황스러웠습니다만, 반복해서 듣는 사이 저절로 납득이 가고 수긍이 가더군요. 제가 얼마나 성에 무지하고 편협했었는지 깨닫게 되었고요.
 그래서······ 이렇게······ 교수님께······ 상의 드리고자······ 부끄러움을 무릅쓰고······.
 성수는 말끝을 흐리며 좀 전과는 달리 푹 고개 숙인 채 연거푸 커피만 마셔댔다. 순간 광수는 직감했다. 무슨 피치 못할 사정이 있구나, 광수는 직감적으로 알아차렸지만 본인 스스로 털어 놓을 때까지 잠자코 기다렸다. 무슨 말을 할 듯 말 듯 망설이던 성수는 새삼스레 연구실을 빙 둘러보기도 하고 머리를 긁적여 보기도 하고 안경을 만지작거리기도 하며 한참을 딴청만 피웠다. 그렇게 얼마간 머뭇대던 성수는 작정했는지 만지작거리고만 있던 안경을 다시 고쳐 쓰며 어렵사리 입을 열었다.

— 저어, 교수님, 있잖아요. 제가 여자친구가 있거든요. 6개월 전쯤 도서관에서 옆자리에 앉은 것이 계기가 되어 사귀게 되었고요. 그런데요. 몇 번 데이트 하다 보니 얼마 전에는 일시적인 충동에 못 이겨 그만 육체관계까지…… 그래서…… 덜컥 임신이라도 한 것이 아닐까, 하루하루 조바심이 나고 불안하고…… 아무리 서로 합의하에 그랬다고는 하나 그래도 자꾸만 죄의식에 사로잡히게 되고…… 부모님은 워낙 완강한 분들이시라 감히 말도 꺼내지 못하고…… 그래서 이렇게 교수님께 상의랄까, 조언을 구하고자…… 죄송합니다.

광수로서도 전혀 예상 못 했던 일은 아니었다. 저만한 나이 때쯤의 고민이라면 뻔하지 않은가. 하지만 막상 자초지종을 알게 되자 난감해 옴과 동시에 안도감도 들었다. 일단은 고민을 털어놓았다는 자체만으로도 심리적 안정을 얻어 극단상황만은 예방할 수 있지 않을까, 하는 생각에서 오는 안도감이었다. 광수는 우선 성수를 안심시켜야 한다는 생각과 앞으로도 같은 불상사를 막으려면 현실적이고 구체적인 대안이 낫겠다 싶어 자신의 경험담을 섞어가며 솔직하게 조언을 했다.

— 서로 사랑하고 원하면 육체관계는 가질 수 있지 않을까, 부끄러운 일도 아니고 인간이면 누구나 갖는 당연한 감정이고 본능인 거고…… 그렇게 자신을 탓할 필요까지는 없다고 봐.

나 자신도 꼭 성수만큼 했을 때, 비슷한 경험이 있었지. 성수처럼 순간적인 충동에 못 이겨 몇 번의 육체관계가 있었지. 다만 나

같은 경우에는 애무랄까, 페팅으로만 일관했었단다. 직접 성교는 피했다는 거지. 내 주위의 친구들도 충동에 못 이겨 관계를 맺고는 원치 않는 임신으로 곤욕을 치르는 것을 목격했던 터라 철저하게 페팅 위주의 육체관계 뿐이었단다.

 그래서 하는 말이다만, 성이라 하면 꼭 삽입으로만 봐서는 안 돼. 꼭 행위에 의해서만 충족감을 얻는 것이 아니라 느낌이나 분위기만으로도 얼마든지 충족감을 얻을 수 있다는 얘기지. 삽입 성교라는 고정틀에서 벗어나 다양한 성 형태가 있다는 것을 인식하고 결코 성교 자체에만 집착할 필요 없어. 내 경험상으로도 그렇고 앞으로의 성생활을 고려한다면, 성수 나이 때쯤에는 페팅이 무난하지 않을까. 무엇보다도 임신의 부담감도 없고 체력소모도 덜하고 사정 후의 허탈감 같은 것도 덜하고…… 게다가 설사 헤어진다 해도 별 부담감 없이 헤어질 수도 있고……

 임신의 부담감을 안고 어정쩡하게 불안한 성교를 하느니 페팅의 기술을 잘 터득해두면, 결혼 이후에도 정력 유무와 상관없이 언제든 즐길 수 있고 설령 권태기가 와도 무난히 넘길 수도 있고…… 중년의 나이쯤 되다 보면 은근슬쩍 잠자리를 기피 하게 되는데, 알고 보면 대부분 삽입 성교 위주로 하기 때문이지. 상당한 체력소모를 요하기 때문에 나이 들수록 버겁다는 생각에 회피하게 되는 거지. 그런 의미에서도 페팅은 나이에도 크게 구애받지 않을뿐더러 그 대상이 성기만이 아니라 전신이기에 삽입 성교 때보다 더한 오르가슴을 오래 느낄 수도 있고……

그리고 사실 여자는 삽입보다는 진한 애무에서 더 큰 안락을 느낄 수도 있단다. 그런 의미에서 그야말로 일석이조·삼조의 효과를 톡톡히 볼 수 있는 셈이지.

혹 접이불루接而不漏라고 들어본 적이 있으려나?

— 아뇨, 금시초문입니다만…….

— 중국의 「소녀경」에 나오는 말인데, 예부터 남성의 성생활에 있어 첫째 준칙으로 꼽았던 것이 바로 이 접이불루라는 거지. 말 그대로 '성교는 하되 사정은 않는다.' 이를테면 성욕이 인다고 자꾸 사정을 하다 보면, 건강에 해를 끼칠 수도 있기에 사정을 될 수 있는 한 자제하고 대신에 애무에 의한 성 충족을 추구하라는 거지. 이처럼 예부터도 가장 무난한 성 충족의 방법의 하나가 바로 이 애무에 있다고 본 거지.

어때요? 이해가 가나요?

말 나온 김에 한마디만 더하자면, 성도 이제는 생활 전반으로 스며드는 만큼 아는 것이 힘이지, 모르는 것이 약인 시대는 지났다는 거야. 이제는 좁은 성 인식에서 벗어나 성을 바로 알고 제대로 즐기는 것도 삶을 윤택하게 살아가는 한 방법이 아닐까 싶어.

— 예, 교수님, 잘 알겠습니다. 성이라고 하면 삽입 성교만이 전부인 줄 알았던 자신이 부끄럽고 한심스러울 뿐입니다. 교수님 말씀을 듣고 성에 대한 인식이 많이 바뀌었습니다. 어깨에 짓눌려 있던 돌덩이도 내려앉은 기분이고요. 어쨌든 교수님 덕분에 마음도 한결 가벼워졌습니다.

— 허허, 거참, 다행일세.
— 그리고 교수님, 참 다행입니다.
— 뭐가?
— 교수님 같은 어른이 있어서요. 성에 대해 이렇게 허심탄회하게 털어놓을 수 있고 또 허심탄회하게 조언해 주는 어른이 어딨겠습니까. 감사할 따름입니다.
— 어허, 싱겁긴……

어쨌든 성수야. 병에 걸려봐야 면역력도 생기는 법이다. 좋은 경험 했다 치고 너무 자책 말거라. 앞으로 같은 실수만 반복하지 않는다면 그걸로 충분히 된 거다. 그걸로…….
— 예, 명심하겠습니다. 늦은 시각까지 정말 고맙습니다.

거듭 감사하다는 말을 하며 돌아서 가는 성수의 뒷모습을 보자 광수는 왠지 모를 서늘한 감정이 밀려왔다. 성욕을 품는 것 자체가 마치 죄라도 되는 양 의기소침하던 모습에 이 나라의 어른으로서 그것도 교육계에 몸담은 어른으로서 어떤 책임감마저 일며 마음이 심란해 왔다.

그리고 생각해 보았다. 성수의 저 고민은 어디서 기인하는 것일까. 단지 성수 혼자만의 문제일까. 아무리 순간적인 충동에 못 이겨 그랬다 한들 어쩌면 피임 교육의 부재로 인한 결과는 아닐까. 당연하다. 임시방편으로 눈과 귀를 틀어막으며 구체적인 피임방법 하나 제대로 가르쳐 주지 않은 이 나라의 성교육의 실태에서 비롯된 것이다. 허구한 날, 성기구조가 어떠니 성병이 어떠니 순결이 어떠니 시대착오적인 성교육만 주입해 온 결과인 것이다. 누르면 누를수록 스프링의 반동력은 더 거세지기 마련, 성도 매한가지다. 성 충동이 가장 왕성한 시기에 무조건 참으라고만 하면 어쩌자는 건가. 성기구조나 명칭에 대한 사전지식 없이도 얼마든지 성생활은 가능하고, 성병 운운도 자칫하다간 성 혐오증만 심어 줄 수도 있다. 자칫 성에 대한 왜곡된 선입견만 심어줄 수도 있다는 얘기다. 이런 식의 성교육은 차라리 안 하느니만 못하다.

 앞으로 세상은 하루가 다르게 디지털화가 진행될 것이고 그러다 보면 방대한 양의 성 정보가 넘쳐나는 것은 명약관화하다. 더 이상 청소년들의 눈과 귀를 틀어막을 수는 없다. 그럼에도 '청소년 보호' 운운하며 구태의연한 순결교육에만 치중할 셈인가. 단지 미성년자라는 이유만으로 무조건 억압하고 차단하기에는 이제 한계점에 와 있다. 시류에 걸맞은 처방책을 내놓아야 한다. 육체적 쾌락의 정당성을 인식시키고 아울러 욕구의 기술적 관리방법을 터득케 하여 옳은 방향으로 욕구들을 해소할 수 있도록 숨통을 트여주어야 한다. 더 이상 성수 같은 학생이 나오지 않게 성적 기아증을 해소해 줄 만한 건전한 문화공간·놀이 공간들을 정부 차원에서 서둘러야 한다. 문화 장치를 통해 떳떳하게 대리만족을 얻어 공부할 때는 공부하고 놀 때는 맘껏 놀 수 있도록 하여 정서적으로 안정된 상태에서 일상을 보낼 수 있도록 배려해줘야 한다. 그러다보면 학교생활에도 몰입할 수 있고 성범죄·자살 등 일탈 행위도 줄어들 테고…….

이 나라의 높은 자리에 앉아 있는 어른들은 청소년들의 성에 대해 얼마나 자각하고 있는지, 저들의 고민·갈등에 대해 과연 얼마나 진지하게 생각하고 있는지…….

높은 자리의 어른들이시여, 도덕률과 욕망 사이에서 하루에도 몇 번씩 배출구를 찾지 못해 좌절하고 있는 저들의 비명에 귀 기울이시라. 저들의 호기심과 욕구들을 충족시켜줄 만한 문화공간, 놀이 공간 하나 없다는 사실에 제발 귀 기울이시라.

그리고 곰곰 생각해 보시라. 자유가 방종을 낳는 것이 아니라 자유가 있어야 자율이 생긴다는 이치를!

광수는 비명처럼 터져 나오는 말들을 꿀꺽 삼키며 연구실을 나섰다.

1985년도 저물어 갈 무렵, 광수에게 다시 한번 전기가 도래했다. 가히 획기적이라 할 만한 변화였다. 자신과는 무관하다고만 여겼왔던 결혼이 현실로 닥쳤다. 무려 10여 년의 끈질긴 구애 끝에 사랑의 결실을 보게 된 것이었다. 사랑의 결실을 보기까지의 10여 년의 연애사도 가히 획기적이라 할 만했다.

연애의 시작은 거슬러 올라가 대학원 시절, 연극동아리에서 만나 알게 된 한 살 연하의 연극배우였다. 어릴 적부터 동경해 마지않던 그 '야함'에 반해 일방적으로 좋아하게 되었고 이때부터 사랑의 열병도 시작되었다. 몇 번의 연애 경험은 있었지만 먼저 반한 것도 이번이 처음이었다. 그런 만큼 구애도 열렬했다. 아무리 열렬한들 손뼉도 마주쳐야 소리 나는 법, 그녀 쪽에서는 심드렁했다. 저녁때마다 그녀의 집 앞에서 서성거리기도 하고 하루가 멀다 하고 편지 공세·전화 공세에도 그녀는 꿈쩍도 하지 않았다. 이따금 마지못해 만나 줄 때도 있었지만 좀체 마음을 열지 않았다. 그럴수록 광수는 안달이 나고 조바심이 났다.

그러던 어느 날, 일은 터지고 말았다. 하도 막무가내로 들이대는 통에 맹목적인 집착이 부담스럽다며 급기야 그녀 쪽에서 완전 절교를 선언해 왔다. 하지만 이미 사랑의 포로가 되어버린 광수로서는 도무지 눈에 뵈는 게 없었다. 사랑의 힘이었던 걸까, 괴상한 오기가 발동하고 말았다. 어떻게든 결판을 낼 요량으로 밤늦은 시각에 술에 잔뜩 취한 채 그녀 집앞의 대문을 발길로 뻥뻥 차대며 고래고래 소리를 질러댔다. 어디서 그런 객기가 발동했는지 자신도 모를 일이었다. 이쯤 되자 그녀 집에서도 좌시만 하지 않았다. 아니나 다를까, 집 근처의 필리핀 대사관 경비실에 연락을 취하는 통에 대사관 경비 경찰이 출동, 자칫하다간 속절없이 끌려갈 판이었다. 어쩌겠는가. 술이 확 깨면서 손이 발이 되도록 비는 수밖에…….

그럼에도 인연의 굴레는 질깃질깃 끈덕졌다. 몇 번의 구애와 단념, 이런저런 우여곡절 끝에 기어코 강산이 한번 변하고 나서야 그녀는 사랑을 받아들였다. 10년이라는 기나긴 사랑의 투쟁을 하다 보니 어느새 서로가 혼기가 꽉 찬 중반의 나이로 들어섰고 이러다보니 그녀도 못 이기는 척 청혼을 수락, 마침내 1985년 12월, 사랑의 결실을 보게 된 것이었다.

기나긴 투쟁 끝에 얻은 반려자인 만큼 결혼생활은 마냥 행복할 줄 알았다. 마음도 영원할 줄 알았다. 게다가 신혼 첫날밤이 첫 육체관계가 아니던가. 강산이 변하도록 끈질기게 쫓아다녔지만 순정파인지 숙맥인지 단 한 번도 육체관계는 없었다.

딱 6개월은 꿈만 같았다. 온 세상이 다 장밋빛으로만 보였다. 그런데 왜일까. 맹목적이었던 만큼 시드는 것도 빨랐던 걸까. 딱히 이유는 없었지만 6개월이 지나고 일 년쯤 지나자 시들해지기 시작했다. 사소한 일에도 짜증이 나고 옆에 사람이 있다는 것이 부담스러웠다. 흔히 말하는 성격 차이도 성적 차이도 아니었고 그렇다고 아내가 싫은 것도 다툼이 있는 것도 아니었다. 다만 뭐랄까, 결혼이 주는 속박이랄까, 같은 공간에 누군가 있다는 것 자체가 불편하고 부자유스러웠다. 광수는 그때서야 깨달았다. 결혼하고 나서야 깨달았다. 결혼을 통해 사랑을 완성한다는 것은 허상이자 착각이었다는 것을…….

'결혼은 연애의 무덤'이라는 말, 딱 맞는 말이었다. 얼마간 우울하고 심드렁한 나날이 이어졌다. 아내는 아내 나름대로 이 시기를 넘겨보려 애쓰는 모습이 역력했지만, 둘 사이에는 딱히 뭐라 할 수 없는 공허감만 맴돌았다. 하다못한 광수는 고육책으로 별거를 제안했다. 제안하면서도 내심 불안감도 없지 않았지만, 막상 별거하자 별 불편함을 느낄 수 없었고 오히려 별거를 통해 결혼 체질이 아니라는 씁쓸한 자각만 했다. 결혼 체질이 아니라는 판단이 서자 지체할 이유가 없었다. 질질 끌어봐야 피차 피곤만 할 뿐이라는 생각에 광수는 조심스레 이혼의 뜻을 내비쳤다. 불행 중 다행이랄까, 자식은 '고통의 연속인 인생 앞에 굳이 생명을 잉태하는 죄를 지을 필요가 있을까' 싶어 일부러 낳지 않았다. '낳은 죄'를 짊어질 자신이 없었다.

이렇게 해서 1990년 1월, 결혼생활 3년, 별거 2년, 5년의 결혼생활에 종지부를 찍었다. 광수로서는 평생 단 한 번의 연애다운 연애였고, 마지막 사랑이었다.

그나마 짧은 결혼생활이 안겨준 소득이 있었다면, 별거 동안 장편소설「권태」를 탈고했다는 것이었다. 성적 판타지를 그린 국내 최초의 에로티시즘 소설이었고, 소설가로서의 첫발을 내디딘 셈이었다. 실은 대학 졸업 후 26세 때인 1977년, 〈현대문학〉에 '배꼽에' 등 6편의 시를 발표, 박두진 시인의 추천으로 문단에 데뷔했다. 그 후 줄곧 시를 발표하며 작가로서의 길을 걸어왔다. 그렇지만 시를 써가는 동안 뭔가 해소할 수 없는 답답한 기분이 들면서 이에 허구성이 강한 소설에 매력을 느끼게 되었고, 그런 연유로「권태」까지 탈고하게 된 것이었다. 탈고와 동시에 〈문학사상〉에 연재하기 시작, 이때부터 리얼한 성 묘사에 문단의 따가운 눈총을 받기 시작했다. 더구나 거의 같은 시기에 출간한「가자, 장미여관으로」의 도발적인 제목의 시집 출간으로 눈총은 더욱 따갑기만 했다. 그러나 광수는 그다지 개의치 않았다. 유명세이러니 가볍게 여기며「나는 야한 여자가 좋다」까지 출간하기에 이르렀다. 이때까지만 해도 꿈에도 몰랐었다. 이 한 권의 책으로 인생의 물꼬까지 바꿔놓을 줄은…… 세상의 거친 풍파 속으로 내몰 줄은…….

제목과는 달리 문화 전반에 대한 비평과 철학의 핵심을 담은 일종의 문화비평적 에세이였다. 기존의 문단에서는 볼 수 없었던 인간의 본능과 성, 다양한 욕구들을 독자적인 이론과 문체로 정립한, 국내 최초의 성담론이라 할 만했다. 예상외로 출간과 동시에 100만 부 이상의 판매를 올리며 일거에 베스트셀러로 등극, 폭발적인 반향을 불러왔다. 이를 계기로 광수는 상아탑을 넘어 단기간에 대중들에게 존재감을 부각, 일약 유명세를 타기 시작했다. 젊은 층으로부터 지지의 글이 쇄도했고 매스컴에 오르내리고 팬레터·원고청탁이 밀려오고…… 가히 '마광수 신드롬'이라 할 만했다. 여태 그 누구도 쓴 바 없었고 발설한 바 없었던, 파격적인 글에 대중들의 반응은 뜨거웠고 그것도 모자라 은밀하게 숨겨야 할 성과 욕망을 과감하고도 직설적인 언어로 발가벗겨 놓은 에로스 문학에 젊은 층은 열광했다.

광수는 말했다. "몸의 민감한 부분을 의식하지 못하는 자는 사고력이 작동하지 않는 환자와 같다." 그러면서 원시와 문명의 분기점에서 부정되어왔던 '쾌락'을 묘사하는데 주저하지 않았고 "억압한 본능과 맞바꾼 문명이 과연 인간을 얼마만큼 자유롭고 행복하게 했느냐"며, 감히 '성'이라는 화두를 던졌다. 듣도 보도 못한 사디즘·마조히즘·페티시즘 등의 생소한 성 용어들을 거침없이 발설하며 성역과도 같은 성을 세상을 향해 던졌다. "딱딱하고 감각도 없는 손톱이 마치 생명체처럼 자라난다는 것이 신기해서 좋다."며, 여인의 긴 손톱의 페티시라는 것을 숨기지 않았고, 인공미의 야한 여자가 좋다고 당당히 밝혔다.

 이처럼 도발적인 작품과 도발적인 화두를 던진 이면에는, 민주니 이념이니 거창한 대의명분만을 내세우며 시대를 아파하고 민중의 고통에 동참해야만 양심적인 예술인·지식인인 양 행세하는 시대가 역겨웠고, 다양성이라곤 없는 리얼리즘 일변도의 문단·학계에 일침을 가하고자 했다. 정녕 열어서는 안 될 판도라의 상자를 열어젖힌 걸까. 글 쓴 의도가 어디에 있든 쾌락성이 농후한 급진적인 주장들인 만큼 갈수록 파장도 컸다. 판매 부수가 늘며 대중 속으로 침투할수록 일부 대중과 젊은 층은 신선한 충격이라며 열광하는 반면, 문단·학계·보수층 심지어 여성단체에서조차 여성을 비하하고 상품화했다며 비판해대기 시작했다. 갈수록 제대로 된 내용검증 없이 추측과 흥미가 더해지며 본질을 흐려놓았고, 매스컴은 매스컴대로 선정적인 부분만 집중적으로 부각하며 비판여론을 부추겼다. 진보진영이라고 다를 바 없었다. 입으로는 진보적인 세상을 외치면서 막상 성 앞에는 그놈의 가부장제의 테두리 속에서 벗어나지 못했다. 과연 표현의 자유, 성 논의의 자유를 뺀 진보라는 것이 무슨 진보인가. 고루하고 편협한 작태를 목도하면서 광수는 강한 의구심을 떨칠 수가 없었다. 그야말로 가장 고상하고 지성적이어야 할 대학교수라는 사람이 버젓이 성과 욕망을 담은 저속물을 세상에 내놓았다며 일시에 공격의 표적이 되고 말았다.

심지어 책 제목이 파격적이고 선정적이다 보니 내용까지도 그럴 것이라고 지레짐작하며 무턱대고 비난부터 해댔다. 너는 야한 여자를 좋아하느냐 나는 야하지 않은 여자가 좋다가 아니라 나는 야하지 않은 여자를 좋아하는데 왜 너는 야한 여자를 좋아하느냐 식의 일방적인 매도 앞에서는 할 말을 잃게 했다. 앞서 언급했듯 기존의 문단에서는 볼 수 없었던 쾌락성이 농후한 면도 있었지만, 전반적으로 사회·문학의 비평과 개인의 인생관·처세관으로 채워진 수필집이었다. 차근차근 읽어본 사람이라면 여성을 상품화하고 비하했다느니 하는 주장이 나올 리 없었고, 저속하다는 비판이 나올 리 없었다. 뭐랄까, 상상력의 결핍이랄까, 상징·비유의 결핍이랄까, 정말이지 광수는 이유 불문의 매도에 황당하고 당황스러울 뿐이었다.

극과 극의 상황을 목도하면서 광수는 절감했다. 88올림픽을 계기로 변화의 물결을 타며 포르노 비디오들이 비밀스레 공유되기 시작했고, 성을 주제로 한 외국서적들도 시중서점에서 판매되는 등 대중들의 성 의식도 예전보다 개방적인 것처럼 보였으나 이는 오산이었고 착각이었다는 것을…… 대중의 의식은 근본적으로 변한 것은 없었고 여전히 가부장적인 틀 속에 갇혀 있었다.

그러면 이쯤에서 밝혀야겠다. 어째서 그러한 선정적인 제목을 택했는지. 이를 밝히려면 먼저 시 한 편을 소개해야 한다. 바로 책 제목과 동일한 '나는 야한 여자가 좋다'라는 시다.

나는 야한 여자가 좋다 / 꼭 금이나 다이아몬드가 아니더라도 / 양철로 된 귀걸이 반지 팔찌를 / 주렁주렁 늘어뜨린 여자는 아름답다 / 화장을 많이 한 여자는 더욱더 아름답다 / 덕지덕지 바른 한 파운드의 분粉 아래서 / 순수한 얼굴은 보석처럼 빛난다 / 아무것도 치장하지 않거나 화장기가 없는 여인은 / 훨씬 덜 순수해 보인다 거짓같다 / 감추려하는 표정이 없이 너무 적나라하게 자신에 넘쳐 / 나를 압도한다 뻔뻔스러운 독재자처럼 / 적敵처럼 속물주의적 애국자처럼 / 화장한 여인의 얼굴에선 여인의 본능이 빛처럼 흐르고 / 더 호소적이다 모든 외로운 남성들에게 / 한층 인간적으로 다가온다 게다가 / 가끔씩 눈물이 화장위에 얼룩져 흐를 때 / 나는 더욱 감상적으로 슬퍼져서 여인이 사랑스럽다 / 현실적 현실적으로 되어 / 나도 화장하고 싶다 / 분으로 덕지덕지 얼굴을 가리고 싶다 / 귀걸이 목걸이 팔찌라도 하여 / 내 몸을 주렁주렁 감싸안고 싶다 / 현실적으로 / 진짜 현실적으로

그렇다. 이게 바로 '나는 야한 여자가 좋다'의 시 전문이다. 어떠한가. 단지 야한 여자 예찬론으로만 보이는가. 좀 더 깊숙이 들여다보라. 욕망을 숨긴 채 도덕·윤리라는 가면 속에 살아가고 있는 이중적 위선을 고발한 저항의 몸짓 같은 것은 엿보이지 않는가. 차라리 현실적으로 되고 여자가 되어 '분으로 덕지덕지 얼굴이라도 가리고 싶다'는 허무주의적이고 여성 동경의 한 단면은 진정 엿보

이지 않는가.

　이 시를 책 제목으로 정한 것도 그리 거창한 이유는 없었다. 대학원 시절에 써놓았던 이 시를 그대로 책 제목으로 채택한 것뿐이었다. 책을 완성하고 나자 마땅한 제목이 떠오르지 않아 고심하던 차에 불쑥 이 시 제목이 떠올라 즉흥적으로 채택한 것이 이유라면 이유였다. 그뿐이었다. 이 시를 발표한 것은 대학원 시절이었던 1979년, 계간지 〈문학과 지성〉이었고, 발표 당시에는 잠잠했던 시가 「나는 야한 여자가 좋다」의 출간과 동시에 시도 덩달아 논란과 화젯거리로 급부상했고, 개중에는 돈벌이의 수단으로 일부러 선정적인 제목을 쓰지 않았냐며 나무라는 이도 있었지만 오해였다. 10년 전, 이미 발표했던 시를 채택한 것뿐이었고 심지어 시는 표지의 왼쪽 상단에 실려 있을 뿐, 내용과는 별개였다. 앞서 출간했던 「가자, 장미여관으로」도 매한가지였다. 1985년에 시 전문지인 〈심상〉에 발표했던 시 제목을 따온 것뿐이었다. 당시에는 별 반응이 없었던 것이 「나는 야한 여자가 좋다」 출간 이후 덩달아 제목이 야하느니 어쩌니 구설에 오르며 논란의 대상이 되고 말았다. 하루아침에 조변석개하는 세태 앞에 광수는 참으로 당혹스럽고 당혹스러울 뿐…… 그렇다고 세인들을 향해 이건 이렇고 저건 저렇고 일일이 전후 사정을 설명하고 납득 시킬 수도 없는 노릇…….

　또한, 수필집 서문에서도 밝혔듯이 야하다는 말이 천박하다 등의 부정적인 의미로 오해하기 십상이었지만, 그렇지가 않았다. 야함이란, 허위의식이나 위선에 매몰되지 않고 자유로운 사고와 본능에 솔직한 사람을 야하다의 의미로 썼을 뿐, 그런데도 숲은 보지 못한 채 나무만 붙들고 왈가왈부하며 갈수록 점입가경으로 치달았다. 급기야「나는 야한 여자가 좋다」를 반론하는 책까지 출간하기에 이르렀다. '마광수의 야한 여자론을 반박한다'라는 부제를 단「단지 그대가 여자라는 이유만으로」라는 단행본까지 출간하기에 이르자 이 기회를 놓칠세라 이번에는 국문과 교수들까지 들고 일어났다. 교수회의를 소집, 마치 인민재판이라도 하듯 앉혀놓고 교수자질 운운하며 비판을 해댔다. 죄목은 역시 교수품위 손상죄에다 교수로서 가식을 깨버린 죄가 더해졌다. 응징의 차원으로 한 학기 강의권이 박탈당했다. 학칙에도 없는 제재였다. 체계적이고 논리적인 학술서적이나 논문집도 아닌, 단지 개인 수필집이거늘 제재까지! 웃기는 일 아닌가. 참으로 유구무언일 수밖에…….

이렇듯 책 한 권으로 대단한 죄인인 양 몰고 가는 세태 앞에 광수는 선언했다. "내가 교수라고 해서 꼭 근엄한 척 고상한 척하며 권위주의·경건주의에 영합할 필요가 없지 않은가. 진정한 지식인이라면 모름지기 교과서 같은 입바른 소리만 낼 것이 아니라 세인들이 놓치고 있는 문제들, 미처 깨닫지 못하는 문제들까지도 찾아내어 논쟁거리를 제시하고 공론화하는 것도 지식인의 임무이자 역할이 아닌가. 입으로는 국가니 민중이니 운운하면서 뒤로는 기득권 유지에만 급급한 일부 지식인들을 보노라면 상당한 분노를 느끼지 않을 수 없다. 그들처럼 표리부동해야 이 시대를 그럴듯하게 행세하며 살아갈 수 있다면 난 단연코 거부하겠다! 왜냐? 그것은 지옥을 자초하겠다는 것과 다름없기 때문이다."며, 분명히 동참 거부를 선언했다. 그러면서 성을 마치 질병처럼 터부시만 해대는 세태 앞에 다시 일침을 놓았다. "내가 성을 소재로 한 글들을 세상에 내놓은 것은 한국사회의 의식구조를 변화시킬 수 있는 길은 성담론의 대중화와 본성에 솔직한 사고방식이 전제되어야 한다는 믿음에서였다. 성을 공론화함으로써 뿌리 깊게 자리한 성 알레르기, 성에 대한 편견을 깨기 위함이었다. 긍정적이든 부정적이든 나 라는 한 개인이 특별히 부각되는 현 상황 자체가 한국 사회의 폐쇄성의 반증인 데다「나는 야한 여자가 좋다」가 출간하자 100만 부 이상의 판매 부수를 올렸다는 것 자체가 그만큼 우리나라 사람들이 성담론에 굶주려 왔다는 방증이 아니고 뭔가.

인간은 저마다 경중의 차이만 있을 뿐, 자신만의 성 판타지를 갖고 있지 않나. 그것을 솔직하게 고백했다고 해서 그리도 지탄받을 일인가, 그리도 반지성적인 일인가. 대학교수란 사람은 본능도 욕망도 없이 이성만으로 살아가야 한단 말인가.

예술은 필연성이 아니라 개연적 가능성의 세계이다. 다들 이념이니 역사니 눈앞의 현상에만 집착하다 보면, 민중의 꿈은 누가 제공해주며 도락으로서의 예술은 누가 창출해내며 미래는 또 누가 예견, 제시해 준단 말인가."

광수는 굴하지 않았다. 굴하기는커녕 '동참'을 거부하고 '독자의 길'을 걷겠다며 당당히 선언했다.

책 한 권으로 이런저런 곤욕을 치르는 사이 1990년도 저물어 가고 있었다. 강의하랴 집필하랴 여전히 바쁜 와중에서도 요즈음에는 강연문까지 쓰느라 정신없이 보내고 있었다. 오늘도 퇴근도 미룬 채 연구실에 틀어박혀 강연문과 씨름하고 있었다. 바쁘다는 핑계로 몇 차례 거절해오던 터라 여느 때보다 강연내용에 더 심혈을 기울이고 있었다.

드디어 11월 마지막 토요일, 일찍 눈을 뜬 광수는 겨우 마지막 손질까지 마치고 강연장에 도착하자 주최 측 직원이 환한 얼굴로 넌지시 귀띔해 주었다. "「나는 야한 여자가 좋다」를 읽고 호기심에서인지 여느 때보다 젊은 층이 눈에 많이 띈다"고. 광수로서는 감지덕지한 일이었다. 그렇지 않아도 여기저기서 말들이 분분해 의기소침해 있던 터에 호응해주는 젊은이들이 있다는 사실에 절로 힘이 났다. 힘 실린 목소리로 강연은 시작되었다.

— 여러분 반갑습니다. 요즈음 말도 많고 탈도 많은 「나는 야한 여자가 좋다」의 저자 마광수입니다. 주지하다시피 오늘의 강연주제는 '미래의 성'입니다.

성이라 하면 단순히 성기결합만의 제한된 의미로 생각하기 쉽습니다만, 저는 인간의 감각 전부를 성에 포함시킵니다. 여러분이 생각하는 것보다 훨씬 광범위한 의미로 본다는 거죠.

성은 20세기 전반까지만 해도 단지 생식만을 위한 차원에 불과했던 것이 후반으로 접어들면서 생식의 단계를 넘어 쾌락을 위한 유희의 수단으로 변모했습니다. 다시 말해 지금까지의 성은 긍정적인 기능보다는 부정적인 기능만 부각시키며 쾌락으로서의 성을 터부시하고 통제해 왔습니다. 하지만 경제가 성장함에 따라 이제는 성도 자연스럽게 쾌락추구 쪽으로 변모하는 추세입니다. 경제 형편이 열악했던 환경에서는 주로 식욕에만 치중했던 것이 경제 성장에 따라 사람들은 여가를 즐기게 되었고, 이에 쾌락욕구도 커지면서 이제는 성도 소비대상으로 받아들이게 되었다는 얘깁니다. 우리가 아등바등 경장성장에 매진해 온 것도 따지고 보면 쾌락을 위한 것이 아닙니까. 앞으로도 성·쾌락추구가 차지하는 비중은 높아만 갈 것이고, 이러한 시대적 대세는 그 누구도 거스를 수 없는 사회적 화두로 부상했습니다. 비단 우리뿐이겠습니까. 어느 나라든 경제가 발전할수록 쾌락추구 욕망도 고조되면서 삶의 유형까지 바꿔놓았습니다.

한 예를 들어볼까요. 「나는 야한 여자가 좋다」에서도 언급했습니다만, 사디즘·마조히즘이라는 용어만 봐도 그렇습니다. 아직 우리나라에서는 생소한 용어이기도 하고 변태 성욕의 대명사처럼 굳어있어 기피하는 경향이 있습니다만, 선진국의 성의학자들은 인간이면 누구나 갖는 정상적인 욕구 가운데 하나일 뿐이라고 합니다. 이제는 아예 변태라는 용어 대신 '특이한 성 취향'이라는 용어로 대신하고 있습니다. 성에 있어 변태라는 용어가 사라졌다는 얘깁니다. 더 나아가 미래학자 중에는 지금껏 정상 체위로 인정되어 왔던 삽입 성교가 머지않아 소수의 사람들만 즐기는 변칙적인 성

행위가 될 가능성이 높다는 예측까지 내놓을 정도입니다.

상기해 보십시오. 1950년대, 미국에서는 오럴섹스가 변태나 범죄로 취급당했었습니다. 지금은 어떤가요. 오럴섹스가 변태나 범죄라고 하는 사람이 오히려 변태 취급당합니다. 세상에 고정불변한 가치가 어딨습니까. 성도 시대와 함께 가변적입니다. 스웨덴이나 덴마크 등은 이미 1960년대부터 성매매도 합법화했고 포르노도 합법화했습니다. 스위스·핀란드·프랑스 등은 16세 이상이면 각자의 책임하에 프리섹스 형태의 연애가 자연스럽게 이루어지고 있습니다. 심지어 여성이 주체가 된 포르노그라피들이 제작·유통되고 있고, 동성결혼을 합법화하여 성 소수자들도 평등한 권리를 부여받고 있습니다. 폐쇄적이라고 하는 가까운 일본만 해도 그렇습니다. 선정적인 성인 잡지들이 판매점 진열대에 버젓이 진열되어 있고, 우리나라에서는 변태로 치부하고 있는 성 형태들도 업소·잡지·게임에까지 버젓이 등장합니다. 이뿐이겠습니까. 소위 SM클럽이라는 것이 있습니다. SM이라하면은 앞서 언급했던 사디즘과 마조히즘의 약자입니다. 우리는 변태라고 하며 혐오하는 성 형태가 성 산업을 양성화한 일본에서는 성 유희의 한 형태로 대중 속으로 파고들었고, 이러한 성희를 전문적으로 제공하는 장소가 대중화되었다는 겁니다.

여기서 간과해서는 안 될 것이 있습니다. 그렇게 야한 성 산업이 생활 전반에 스며들었다면 성범죄도 높지 않을까, 하는 노파심이 들겠습니다만 천만에, 그 반대라는 겁니다. 유럽에서도 포르노 유통 허용 후 오히려 성범죄율이 현저히 감소했다는 통계도 이미 나와 있습니다. 더 간과해선 안 될 것은, 스웨덴·노르웨이·덴마크 등 세계에서 부패지수가 가장 낮은 나라들 아닙니까. 이러한 나라일수록 아이러니하게도 성에 대해서는 개방적인 국가라는 사실입니다.

우리나라는 어떻습니까. 그토록 성에 엄격한 한국은 어떻습니까. 인구당 성범죄 발생률이 성 산업을 양성화한 일본의 7배, 스웨덴의 10배에 이른다는 사실! 이를 어떻게 설명할 것입니까. 이는 무얼 시사하고 있습니까.

얼마 전에 저도 뼈저리게 느꼈습니다만, 한국에서는 성 얘기가 나왔다 하면 무턱대고 알레르기 반응부터 보이며 배척해대고, 성범죄니 청소년 보호니 하며 경계부터 합니다. 이제는 한국도 시류에 맞는 성문화가 정착되어야 합니다. 동성결혼도 합법화하는 마당에 더 이상 시기상조라는 말로도 통하지 않고 더더욱 획일적인 규제만으로는 통제 불능의 시점에 와 있습니다. 앞으로도 디지털화는 가속도로 진행될 것이고 그러다 보면 더더욱 성 정보 차단은 불가능합니다. 아무리 단속하고 통제해본들 근절은 불가능합니다. 역사적으로 봐도 매매춘 불식은 불가능하지 않았습니까.

누구든 탄생하면서부터 엄마 젖을 빨고 핥고 만지는 행위로부터 희열을 느끼고, 죽을 때까지 그 희열을 갈구하며 살아가게 되어 있습니다.

어느 시대든 본능의 작동은 멈추지 않는다는 겁니다!

그래서 저는 이 자리를 빌어 조심스레 몇 가지 제안을 해볼까 합니다. 어디까지나 제 개인적인 견해입니다만, 이쯤에서 우리도 발본색원 못 할 바에는 차라리 자발적 매춘을 합법화하고 동시에 포르노도 합법화하자는 겁니다. 성매매 업종에 종사하는 자들을 정식직업으로 인정하고 선진국처럼 성병 예방을 병행하며 엄격하게 관리·계도해 나가는 것이 효율적이지 않을까. 강제에 의한 성매매는 두말할 것 없이 일벌백계로 소탕해야 마땅하지만, 성인 남녀가 상호합의하에 돈을 매개로 하는 성행위 자체가 범죄일 수는 없습니다. 이는 인간의 성욕과 물욕이 결합 되어 이루어지는 자본주의적 거래의 한 단면일 뿐입니다.

포르노도 그렇습니다. 차라리 포르노도 정식으로 합법화하고 국내에서도 제조·유통하여 자연스럽게 대중화하는 방향으로 유도해 나가는 것이 현실적이지 않을까. 어떤 이는 포르노가 성범죄 유발에 악영향을 끼치지 않을까, 우려하는 이들도 있습니다만, 이는 우물 안 개구리식 발상입니다. 앞에서도 잠깐 언급했습니다만, 섹스 왕국이니 뭐니 하며 음란물들을 들입다 찍어대는 일본도 우리나라보다 성범죄율이 현저히 낮습니다. 일찍이 성 개방을 한 유럽국가들도 통계적으로 이를 입증해 보이지 않습니까. 그렇다고 성에 문란한 것도 아닙니다. 물론 때에 따라서는 성개방 풍조로 인해 일시적으로 성범죄 발생률이 증가하는 부작용도 없지 않아 있을 것이고 다소의 혼란도 있을 것입니다. 하지만 이는 일시적인 현상으로 어느 지점에 이르다 보면 성을 대하는 태도 역시 유연해질 수

밖에 없습니다. 뭐라고 할까. 요리를 너무 하다 보면 냄새에 질려 식욕이 저하되는 이치와 같다고나 할까. 언제나 과식의 원인은 오랫동안의 허기에서 온다는 사실……

속담에도 있지 않습니까. 하던 짓도 멍석을 깔아주면 안 한다는…… 훔쳐 먹는 사과가 더 맛있다는……

이처럼 포르노든 뭐든 몰래 훔쳐볼 때 재미를 느끼는 법이고 풀어놓으면 시큰둥하기 마련이죠. 사나흘 굶어 담벼락 넘지 않을 놈이 어딨겠습니까. 성범죄 역시 이와 같은 극한상태에서의 우발적인 범죄입니다. 성매매 불법, 포르노 불법 등 뭐든 엄격하게 통제만 하다 보니 양성적으로는 욕구들을 배출할 수단들이 차단되고 말았고 이러다 보니 음성적으로밖에 배출할 수 없고 결국은 성범죄로까지 이어진다는 사실을 명심할 필요가 있습니다. 성이라는 이름으로 자행되고 있는 범죄들의 근본 원인이 어디에 있는지 생각해 본다면 거기에 답도 있을 것입니다.

그리고 앞서 언급했던 사디즘·마조히즘 같은 성유형에 대해서도 재고해 볼 여지가 있습니다. 이제는 무턱대고 혐오하는 시각만으로 볼 것이 아니라 다른 나라들처럼 성생활의 한 방편으로 수용하자는 겁니다.

무엇을 숨기겠습니까. 저는 남녀 간의 가장 이상적인 성결합 형태는 사디즘과 마조히즘적인 결합이 아닐까, 생각합니다. 성기 구조상 남성은 공격적이기 때문에 가학적 즉 사디스트적인 쾌감을, 여성은 받아들이는 입장이기에 피학적 즉 마조히스트적인 쾌감을 즐긴다고 봅니다.

한번 생각해 보십시오. 성 앞에 무슨 도덕이라도 있습니까. 정상 성욕은 무엇이고 비정상 성욕은 무엇입니까. 상대를 무시한 일방적인 행위는 문제가 될 수 있겠지만, 두 남녀의 합의하에 이루어지는 성행위라면 어떠한 행위이든 개개인의 취향일 뿐이고 다양한 사랑의 방식 중에 하나일 뿐이라는 겁니다. 아무리 맛있는 요리도 지속적으로 먹다 보면 물리지 않습니까. 그래서 인간은 새로운 자극을 추구하며 다양한 성 유희의 방법들을 고안해 왔고요.

다른 나라에서는 아무렇지도 않게 성행하는 것들을 왜 유독 이 나라에서만 퇴폐라는 거창한 꼬리표를 달아가며 배척만 해대는지…… 다른 분야에서는 '서양이다' 하면 무조건적으로 따라 하는 한국이 왜 유독 성에서만은 빗장을 걸어 잠그는지……

개방적인 성문화를 가진 서양인이나 우리나라 사람들이나 똑같은 욕망, 똑같은 본능을 가진 인간들이 아닙니까. 그런데 어찌 이 나라는 성이라 하면 단지 숨기고 억제해야 할 대상으로만 치부합니까. 성은 성일 뿐, 굳이 숨겨야 할 것도 속된 것도 아니라는 겁니다. 그저 우리 삶의 일부분이고 즐거움을 주고받는 행위이고 사랑을 확인하는 행위이거늘…… 음지화해야 할 이유도 배척해야 할 어떠한 이유도 없습니다.

저는 현대인들의 우울증·노이로제 등의 각종 병리 현상들도 성과 무관하지 않다고 봅니다. 성욕의 불충족이 병을 유발하는 한 요인으로 작용할 수도 있다는 얘깁니다. 비약이 아닙니다. 누구나 경험

하는 것 아닙니까. 성욕이 충족되면 심신에도 활력이 도는 경험 말입니다. 역으로 억압된 욕구들은 각종 병의 유발만이 아니라 극단적인 행위로 표출되어 파멸이나 자기학대로까지 이어진다는 겁니다. 시간상 일일이 열거는 할 수 없습니다만, 역사적으로도 이러한 예들은 비일비재합니다. 작금의 청소년들의 성범죄 증가, 자살이나 살인, 사이비 종교 등이 판치는 것도 이와 무관하지 않습니다. 이처럼 본능의 억압·성의 억압은 정치의 억압만큼이나 인간을 파멸로 몰고 갈 수도 있습니다. 무조건 통제한다고 능사가 아닙니다. 만물의 영장입네 어쩌네 아무리 고상한 척 해봐야 인간도 결국 동물과 하등 다를 게 없지 않습니까. 잘 먹고 잘 생식하면 그만인 동물처럼 인간도 죽을 때까지 쾌락을 좇아 살아가는 존재라는 사실! 인간도 동물인 이상 부인할 수 없는 근원적인 속성입니다. 평생 독신생활로 일괄했던 간디도 '성적으로 결벽하게 산다는 것은 마치 칼날 위로 걸어 다니는 것과 같다.'며, 그 고충을 토로했습니다.

　영혼을 외치다 억울하게 죽어간 소크라테스는 이제 별 의미가 없습니다. 진정한 선진국이 되면, 차라리 쾌락을 즐기는 배부른 돼지가 더 낫다는 가치관으로 바뀔 것입니다. 아니, 이미 바뀌어 가고 있습니다.

　저는 민주화라는 말도 어렵고 복잡한 개념으로 받아들이지 않습니다. 개개인 모두가 각자의 위치에서 각자의 개성대로 행복하다고 느낄 수 있을 때, 이게 진정한 민주사회가 아닌가요. 문화라는 것도 별겁니까. 대중들의 숨통을 트여주는 것, 이게 문화가 아닙니까.

　이제는 '인간 본성'이라는 원점에서 제반의 문제들을 진단, 해결책을 모색해야 합니다. 도덕·윤리라는 미명하에 억압하고 통제만 할 때는 지났습니다. 시기상조라는 말도 더 이상 통하지 않습니다. 성을 떳떳하게 표현하고 논의하고 양성적으로 해소할 수 있는 토양 형성이 시급합니다.

　저는 단언할 수 있습니다. 「나는 야한 여자가 좋다」에서도 피력했습니다만, 인간의 역사는 놀이의 시대에서 노동의 시대, 노동의 시대에서 다시 놀이의 시대로 이행된다고 단언합니다. 전쟁이 지구촌을 전멸시키지 않는 한, 그리 머지않아 인간과 빼닮은, 인간을 대체할 로버트가 출현, 인간의 노동을 대신하게 될 것이고 인간은 그 로봇을 부려가며 쾌락을 즐기는 시대가 도래할 것입니다. 결국 인간은 노동으로부터 해방되어 오로지 놀이·쾌락만을 추구하는 시대가 기어코 도래할 것입니다.

　예, 그렇습니다. 성·쾌락의 추구라는 시대적 대세는 이제 거스를 수가 없습니다.

　허망한 인생살이, 천국도 지옥도 없습니다. 있지도 않은 내세를 위해 현세의 쾌락을 참아가며 기도하고 있는 것처럼 어리석은 일도 없습니다. 살아 있을 때 실컷 쾌락 하십시오. 나 너 저 꽃들 저 소 돼지들도 다 쾌락의 산물이 아닙니까.

　이상입니다. 긴 시간 경청해 주서서 감사합니다.

상상을 심판하는 나라

바쁜 와중에서도 강연은 무사히 끝났다. 이번 강연을 통해 「나는 야한 여자가 좋다」가 젊은 층으로부터 꾸준한 호응을 얻고 있다는 것을 새삼 확인한 광수는 다시 성을 주제로 한 소설에 몰입하기 시작했다. 「나는 야한 여자가 좋다」 발간 후의 파장으로 보아 결코 평탄한 길이 아님을 알면서도 선언한 바대로 그 누구도 써본 적이 없고 그 누구도 가본 적이 없는 길로 기어이 들어섰다. 일류대에 적을 둔 몸이지만, 일류를 모방하는 아류가 아니라 본능에 솔직한 이류로 당당하게 자처하고 나섰다.

허나, 이때까지 만해도 어찌 알았으랴. 이 한 권의 소설이야말로 한 생을 지배하며 인생을 송두리째 뒤흔들어 놓을 줄을…….

이번 작품은 「나는 야한 여자가 좋다」와는 달리 허구성이 강한 소설인 만큼 광수는 자신만의 문학세계와 작문기법을 바탕으로 써 내려갔다. 일찍이 한국 문단의 교양·교훈 일변도의 문학 풍토에 염증을 느끼고 있던 터라 가급적 난해한 문구도 피하고 어설픈 교훈이나 메시지성도 배제했다. 광수는 자신의 저서에서도 밝혔듯이 문학은 문학일 뿐, 문학 이상의 대단한 힘을 갖고 있다고 보지 않았다. 심오한 교훈이나 가르침을 주는 도덕 교과서도 계몽서도 아니라는 것이었다. 문학이 도덕 교과서처럼 근엄하고 결백한 역할까지 짊어져야 한다면, 문학적 상상력이나 표현의 자율성은 질식되고 만다며, 문학이 어려운 학문으로 위장하는 것을 경계했다. 그보다도 예술이나 문학은 교훈·교양보다는 재미와 꿈·판타지를 제공해 줌으로써 인간의 무의식 속에 축적되어 있는 욕구들을 대리만족 시켜주는 도구의 방편으로 존재한다고 보았다. 그러므로 작가는 어떠한 것도 상상할 수 있어야 하고 어떠한 것도 표현할 수 있어야 하고 또한, 자유롭게 일탈할 수 있어야 한다는 것이 문학에 대한 기본 입장이었다.

작문기법이라고 다르지 않았다. '어려운 글은 심오한 글이 아니라 못쓴 글'이라며, 간결하고 쉬운 문장을 글쓰기의 모토로 삼았고, '솔직하게 발가벗기'를 첫째 요건으로 삼았다. 그런 만큼 어떤 글은 솔직하다 못해 원색적인 표현들로 천박해 보이기까지 했다. 이 또한, 철저한 계산에서 나온 발상이었다. 독자들로 하여금 작가의 숨은 의도가 무엇인지 교훈은 무엇인지 해석하려 드는 수고스러움 대신 시원한 카타르시스를 마음껏 누릴 수 있도록 해주기 위한 소설적 장치였다. 더 나아가 쉬운 말도 난해하게 간단한 문장도 복잡하게 현학적으로 포장해야 수준 높은 작품이라고 착각하며, 독자들을 현혹시키는 기성 작가들에 대한 반발심리의 발로이기도 했다. 그런만큼 광수는 이러한 자신만의 독특한 문학관과 작문기법을 바탕으로 거침없이 써 내려갔다.

드디어 1992년 8월, 감히 그 누구도 쓴 바 없었고 그 누구도 쓸 수 없는 「즐거운 사라」가 세상에 나왔다. 주인공인 '사라'라는 여성을 통해 여성의 시각으로 여성이 주도하는 성을 그린 한국 현대소설 최초의 페미니즘 소설의 탄생이었다. 책은 출간된 지 채 한 달도 되기 전에 단숨에 8만 부 이상의 판매를 올렸다. 판매 부수가 늘수록 「나는 야한 여자가 좋다」때처럼 극과 극의 반응을 보이며 파장은 거세 만 갔다. 젊은 층과 일부 독자층에서는 열광하는 반면, 문단·학계· 진보진영 할 것 없이 비난일색이었다. 특히 소설 내용 중 주인공 사 라가 스승인 대학교수와의 성관계 장면을 문제 삼으며 비난해댔다. 깨끗했던 세상이 이 소설 하나로 온통 타락한 것처럼 온 나라가 들 썩였다. 「나는 야한 여자가 좋다」 출판 당시의 정황으로 보아 어느 정도의 파장은 예상했었지만 설마 이 정도일 줄은…….

심지어 소설 내용과 저자를 동일시하며 변태니 어쩌니 인신공격 까지 서슴지 않은 세태 앞에 광수는 일갈했다. "「즐거운 사라」의 내용을 비도덕이라고 비난하는 학계·문단·종교계의 이면을 보라. 저들의 성범죄가 어디 어제오늘의 일이더냐! 사라를 비난하는 그 입으로 사라보다 더한 추한 행위도 마다하지 않고 이도 모자라 도덕을 팔고 윤리를 팔며 사회 어른으로 대접받고 출세 가도를 달 리는 것이 저들의 행태"라며 일갈했다.

이쯤 되자 공권력의 힘이라도 빌어 입이라도 틀어막아야 했던 건지 아니면 대중 속으로 더 침투하기 전에 발본색원이라도 해야 만 했던 건지 마침내 공권력까지 움직였다.

1992년 10월 29일 아침, 일은 터졌다. 누군가 세차게 문을 두 드리는 소리에 광수는 눈을 떴다. 잠이 덜 깬 몽롱한 채로 문을 열 자 건장한 세 명의 사내가 서 있었다. 아닌 밤중에 홍두깨라더니, 다짜고짜 검찰에서 나왔다며 영장 제시도 없이 차에 밀어 넣으며 검찰청으로 끌고 갔다.

아, 드디어 올 것이 온 건가. 그래도 설마 했었다. 출간 이후 예상외로 파장은 컸었지만, 문민정부가 들어서며 민주화니 개방화니 드높게 외치던 터라 이 사회의 상식과 양식을 믿고 있었던 만큼 충격은 컸다. 어떻게 알았는지 검찰청에 도착하자 청사 앞에는 기자들이 대거 포진해 있었고, 카메라를 들이대고 마이크를 들이대며 자꾸 한마디 해달라고 재촉했다. 광수는 예기치 못한 상황에 잠시 뜸 들인 뒤, 입을 열었다. "문학 작품으로 작가를 사법처리한다는 것은 이 나라가 아직 문화 후진국이라는 증거"라며 강하게 불만을 토로했다. 곧바로 수사관에 이끌려 검사실로 들어서자 특수부라고 박혀 있는 명패가 시야에 들어오는 순간 등골이 오싹해 왔다. 더 등골이 오싹해 온 것은 잠시 후, 책을 발간했다는 이유로 청하 출판사의 장석주 대표까지 연행되어 왔다는 사실! 이 등골이 오싹해오는 상황 앞에 광수는 의식까지 혼미해 왔다. 혼미해만 오는 의식을 미처 가다듬을 틈도 없이 각각 다른 방으로 끌려가 취조라는 것을 받았다. 취조실은 창문 하나 없이 완전히 밀폐되어 있었고, 전신은 경직되어만 가는 사이로 한 검사가 들어오더니 질문인지 심문인지 하기 시작, 심문이라고 해봐야 명백한 범법행위가 있는 것도 아니지 않은가. 죄목이란 것도 야한 글을 썼다는 것인 만큼 기이한 심문이 될 수밖에……

게다가 문학 논쟁이란 것이 정답이 있는 것도 아니고 저들의 문학관이란 것도 뻔하지 않은가. 애당초 논쟁하고 해명해본들 먹혀들어 갈 리 만무했다. 그렇다고 함구만 할 수도 없는 노릇, 심신

마광수교수 구속수감

출판사 대표도 소설 '즐거운 사라' 모두 수거방침

서울지검 특수2부 김진태 검사는 29일 소설 〈즐거운 사라〉의 저자 마광수(41) 연세대 교수와 이 책을 출판한 도서출판 청하 대표 장석주(37)씨 등 2명에 대해 형법상의 음란문서 제조 및 판매 혐의로 구속했다.

〈관련기사 14면〉

검찰은 "이 소설은 주인공 여대생의 동성연애, 생면부지의 남자와의 성관계, 대학 스승과의 부도덕한 성행위 등을 아무런 여과 없이 노골적으로 묘사해 사회의 건전한 도덕성을 파괴하고 성질서를 어지럽힐 뿐 아니라 청소년층의 성범죄를 유발시킬 우려가 있다고 판단된다"고 밝혔다.

검찰은 이어 "이미 간행물윤리 위원회에서 이 소설에 대해 경고 처분을 내리고 제재를 건의한 상태에서도 출판을 계속하고 있어 마 교수 등에 대해 구속영장을 청구하게 됐다"고 밝혔다.

마 교수는 이날 오전 9시10분께 서초구 서초동 서울지검 청사에 출두해 조사를 받기 전에 "독자에 의해 예술성을 판단받아야 할 문학작품에 대해 검찰의 수사

음란문서 제조 및 판매 혐의로 구속된 마광수 교수가 30일 밤 서초동 서울지검에서 구치소로 가고 있다. 〈유창하 기자〉

가 이뤄져야 하는 문화의 후진성에 개탄한다"고 말했다.

검찰은 법원으로부터 압수수색 영장을 발부받아 출판사에 보관중인 이 소설 인쇄된 판과 책자를 모두 수거해 시중에 유통되지 못하도록 할 방침이다.

검찰은 마 교수 등에 대한 사법처리에 이어 스포츠신문이나 잡지 등에 연재되고 있는 만화 및 소설의 음란성 여부에 대한 수사를 벌여 작가와 출판인을 소환하는 등 수사를 확대하기로 했다.

한편 마 교수의 변호인인 박용일 변호사는 이날 "문학작품에 대한 판단을 독자들에게 맡기지 않고 사법당국이 나서 소환 당일 바로 구속하는 것은 부당하다"면서 이른 시일 안에 구속적부심을 신청하겠다고 밝혔다.

국문과교수 6명 유감표명

한편 마 교수에 대한 검찰의 구속영장 청구와 관련해 연세대 이선영 교수 등 국문과 교수 6명은 이날 오후 3시 긴급모임을 갖고 정부측에 강한 유감의 뜻을 표시했다.

이 교수 등은 "적법성 여부를 떠나 마 교수를 사법처리한 검찰

의 방침은 현명한 처사가 아니다"며 "사태진전을 지켜본 뒤 학교 측과 공식협의를 거쳐 대책을 마련할 것"이라고 밝혔다.

또 이 대학 국문과 대학원생과 학부생 등 학생 1천여명은 성명을 내고 "기존의 외설음란잡지 및 소설 등은 내버려둔 채 마교수의 소설만을 문제삼아 구속영장을 청구한 것은 반민주적 처사"라고 검찰을 비난했다.

경관과 러시안룰레트게임 사망유족에 국가배상판결

【대구=안영수 기자】 경찰관이 근무시간 뒤 반납않은 총기가 범죄에 사용됐다면 국가는 피해자에게 손해배상을 해야 한다는 판결이 나왔다. 대구지법 민사1부(재판장 송형원 부장판사)는 29일 지난해 1월 경관과 '러시안룰렛' 게임을 하다 숨진 이용우(당시 28살)씨 유족들이 낸 손해배상 청구소송에서 국가의 총기안전교육 및 감독의무 소홀을 인정해 "국가는 이씨 유족에게 6천50만원을 배상하라"고 판결했다.

1992년 10월 신문기사

은 이미 녹초가 되어 입 여는 것조차 귀찮았지만, 광수는 애써 심신을 추스리며 단도직입적으로 물었다.

— 현행범도 아니거늘 이렇게 불시에 연행해도 되는 겁니까. 내가 무슨 범죄행위라도 저질렀습니까. 이게 뭡니까. 참으로 비민주적인 처사가 아닙니까.

그러자 검사는 즉각 반응했다.

— 사안이 그만큼 중대하기 때문이오. 당신의 소설이 미풍양속을 헤치고 건전한 일반인의 성 관념을 해칠 가능성이 있기에 구속 수사하기로 방침을 정했소.

— 아니, '가능성'이 어찌 죄가 됩니까. 그 가능성 하나로 이렇게 사람을 잡아 가두는 겁니까.

단호한 어조에 검사는 말문이 막혔는지 가타부타 답변 없이 잠시 머뭇거리더니 화제를 돌리며 심문을 계속해 나갔다.

— 왜 이리 방탕한 여자를 주인공으로 그렸소?

— 방탕한 여자를 그린 것이 아니라 성에 자유로운 여성을 그린 것뿐이오. 아직은 보편적으로 받아들이기 어렵긴 하나 엄연히 이 시대의 한 개성으로 실존 가능한 인물이오. 여성해방운동의 여파로 요즈음 우리나라 젊은 여성들도 성에 대한 인식이 전에 비해 고조되어 가고 있는 터라 그러한 성 풍속을 담았을 뿐이오.

— 문학이란 모름지기 윤리적 감화를 주어야 하는 것 아니오? 이런 소설을 딸에게 읽힐 수 있겠소?

— 윤리적 감화라고 했소? 문학이 무슨 도덕 교과서입니까? 윤

리 책입니까?

 그리고 딸이라면 대체 몇 살 난 딸을 말씀하시는 겁니까? 서른 살 먹은 딸도 있을 테고 다섯 살 먹은 딸도 있을 테고……

 법 집행이란 것이 명백한 기준과 합리적 이성에 따라 이루어져야 하거늘 그리 비합리적인 질문을 하니 몹시 실망스럽군요.

 설사 미성년의 딸을 염두에 두고 질문했다 쳐도 이래라저래라 강요할 수 없는 노릇 아닙니까. 툭하면 청소년을 볼모로 표현의 자유를 억압하려 드는 것은 본말이 전도된 편협한 견해가 아니오. 그러한 논리로 억압하려고만 든다면 성문학의 정착은 영영 불가능한 것이 아니오.

 그리고 왜 딸 걱정만 하고 아들 걱정은 안 하시는 겁니까.

 예, 그랬겠죠. 「즐거운 사라」의 주인공이 여자가 아니라 남자였다면, 남자가 성의 주체가 되어 여러 여자를 거느리며 자유로운 성을 누리는 내용이었다면 어땠을까요? 그랬다면 당연히 여기 이렇게 끌려오지 않았겠죠! 예부터 우리나라는 기이하게도 남자의 성 문란에는 지극히 관대했었으니까요.

 인간의 본능 앞에 무슨 남녀 차이라도 있습니까. 남자에게만 성욕이 있다는 겁니까!

 ― 그만하시오! 그럼, 당신의 책이 음란하지 않다고 생각하시오?

 ― 당연히 사람에 따라 다르겠지요. 저마다의 개성이 있고 천차만별의 인간이 있는 것처럼 어떤 이는 검사님처럼 음란하다는 이도 있을 테고 어떤 이는 싱겁다는 이도 있을 테고……

자, 검사님 말마따나 소설이 음란하다고 칩시다. 그렇다고 단지 음란하다는 이유로 불문곡직 잡아 가두는 건 뭡니까. 죄라는 것이 명백한 가해행위와 피해자가 있어야 성립되는 것이 아닙니까. 단지 음란하다는 이유로 처벌한다는 것은 언어도단이요. 명백한 인권유린이오!

점차 단호해만가는 어조에 비위가 상했는지 검사의 표정이 일그러졌다. 미간을 찌푸린 채 뭔가를 생각하는가 싶더니 툭 내뱉었다.

— 난 당신 책을 보고 음란함을 넘어 혐오감마저 느껴집디다.

— 아, 그렇습니까. 그렇다고 혐오감을 준다고 처벌할 수 있습니까. 전 혐오스러운 것을 보여주는 것도 문학의 한 기능이라고 생각하는 사람이오. 아름다운 것 고상한 것만 보여준다면 사물이나 인간의 실체를 제대로 파악할 수 있겠습니까. 오히려 아름답지 않은 것도 아름답게 포장하는 것이야말로 혐오스런 것 아닙니까.

— 그렇다면 당신이 추구하는 것이 뭐요? 대관절 문학을 통해 무엇을 추구하는 거요?

— 인간의 잠재의식 속에 억압된 욕구들을 문학이라는 허구적 장치를 통해 카타르시스…… 카타르시스라 하면, 일반적으로 심신의 정화쯤으로 통용되는 용어 입니다만, 저는 대리만족·대리배설이라는 용어로 대체해서 사용하고 있고…… 이러한 대리만족·대리배설할 수 있는 기회를 제공해 주는 것이 문학이나 예술의 역할이라고 생각하는 사람이오.

또한, 우리가 맹목적으로 추종하며 사회를 지배하고 있는 가치·

통념들이라는 것이 진정 옳은 것인지 아닌지 의문을 제기하고 집 요하게 캐물어 가는 것이 작가의 역할이라고 여기는 사람이오. 통념에 대한 도전, 금기에 대한 도전쯤으로 이해해도 무방하오. 굳이 어려운 용어를 빌리자면, '지배 이데올로기로부터의 탈출', '창조적 일탈,' 이 두 용어로 요약할 수 있겠소만……

— 지배 이데올로기의 탈출이라고 했소? 그렇다면 당신은 우리나라의 정치체제를 부정하는 거요?

— 비약하지 마시오. 저는 주로 수구적 봉건 윤리를 말하고 있는 겁니다. 이 책의 주인공은 오히려 운동권 학생들의 경직된 사고를 비판하고 있지 않소.

— 참, 그것도 그렇소. 학생들의 운동 덕분에 대통령 직선제가 관철되었고 이만큼이나마 민주화도 이루었거늘…… 어찌하여 이 소설의 주인공은 운동권 학생들을 비판하고 있소?

— 운동권 학생들이나 진보라고 자처하는 상당수도 봉건성의 틀에서 벗어나지 못하고 기득권 수구자들과 하등 다를 것이 없기에 그리 그렸소만…….

광수는 답변하면서도 어이가 없었다. 예전에는 운동권 학생들을 때려잡지 못해 혈안이 되어 있던 경찰이 이제 와서 소설 속 주인공이 운동권 학생들의 수구성을 비판하는 말 몇 마디 한 것으로 트집을 잡고 있기 때문이었다. 검사는 아무 일도 없다는 듯 다시 태연하게 물었다.

— 이 소설에는 퇴폐적 장면들이 꽤 나오고 있소. 이는 수치심을

유발하는 행위묘사에 해당되는 것이오. 그래도 할 말 있소?

― 범죄소설에서도 다양한 변태심리를 다루지 않습니까. 이처럼 성애소설에서도 변태 성욕을 다뤘다고 하등 이상할 게 없지 않습니까. 소위 말하는 정상적인 성이나 생식적인 성만으로 국한한다면, 다양한 인간의 내면세계를 어찌 보다 깊게 파헤칠 수가 있겠습니까. 더욱이 예전과는 달리 변태 성욕도 이제는 영화나 문학의 단골 소재로 다루어지고 있고, 독자들 역시 이러한 성 형태에 세련된 반응을 보이는 추세이고…… 오히려 요즈음은 탈 평범, 탈 일상의 성애를 추구하며 심리적 카타르시스를 맛보려는 경향이 강합니다. 바로 이러한 것이 앞에서 언급했던 제가 추구하는 문학의 본질이기도 합니다.

말이 나왔으니 한마디만 더 부연하자면, 저는 비정상적인 성이니 정상적인 성이니 변태 성욕이니 그런 구분은 없다고 생각하는 사람입니다. 성 앞에 무슨 정상이 있고 비정상이 있겠습니까. 있다면 그 기준점은 뭡니까. 천차만별의 인간이 있는 것처럼 천차만별의 성이 있는 건 당연지사, 각자 취향의 문제일 뿐이라는 겁니다.

말문이 막혔는지 가타부타 말이 없던 검사는 심문내용을 타이핑한 것을 보여주며 손도장을 찍으라고 했다. 손도장을 찍으면서도 어차피 법정에서 따져야 할 사안이라는 생각에 가급적 논쟁은 피하고 싶었다. 아닌 게 아니라, 저녁때쯤 되자 검사가 대뜸 한마디 했다.

― 구속영장이 발부됐소. 시시비비는 법정에서 가려질 거요. 할

말 있소?

― 세계문학사를 봐도 몇몇 외설 재판은 있었으나 작가 구속까지 한 예는 없었소. 이 무슨 파렴치하고 반민주적인 처사요. 국민의 기본적인 표현의 자유마저 투쟁하며 쟁취해야 한다면, 이게 무슨 민주사회라 하겠소! 이 나라의 현실에 절망, 절망뿐이오!

광수는 정면으로 쏘아보며 강한 어조로 분개했다. 그러자 시종 위압적인 태도로 일관하던 검사는 무슨 심경의 변화인지 대단한 비밀이라도 누설하는 사람처럼 낮은 목소리로 말했다.

― 마 선생을 연행한 것이나 구속하는 것이나 나 혼자만의 독단이 아니오. 이 사건은 국가적 사안이오!

국가적 사안? 국가적 사안이라니……? 야한 글 쓴 것뿐이거늘 어느새 국가적 사안으로 둔갑했단 말인가?

순간 광수는 극심한 공포심과 함께 강한 의문들이 머릿속을 헤집어 놓았다. 이 사건의 정체는 뭔가? 배후에 무엇이, 누가 도사리고 있단 말인가?

강한 의문만 머릿속을 헤집어 놓을 뿐, 현시점으로는 어느 것 하나 가늠할 수 없다는 것이 또 공포로 덮쳐왔다.

그날 밤, 광수는 경기도 의왕시에 있는 서울구치소에 수감되었다. 죄명은 형법 244조, 음란물 제조혐의였다. 장석주 대표는 다른 죄수들과 함께 혼거방에 수감 되었고, 광수는 한 평 채 남짓한 독감방이었다.

이 전대미문의 필화사건 앞에 온 나라가 들썩였다. 이구동성으로 예술과 외설의 경계와 표현의 자유 운운하며 찬·반 논쟁은 확산되어만 갔다. 일각에서는 창작물에까지 공권력의 개입은 어불성설이라는 비판도 있었지만, 미미했다. 보수진영 측에서는 퇴폐적이고 외설적이라는 이유로 진보진영 측에서는 사회적 리얼리즘의 결여라는 이유로 비난해댔고, 종교단체에서도 구속을 지지하는 성명을 내며 가세했다. 더 기가 막힌 것은, 사태가 이 지경이 됐음에도 대한민국의 지식인·예술인들은 태연했다. 아니, 같은 예술인으로서 들고 일어나도 모자랄 판에 비난의 화살이나 쏟아 놓는 데서야!

그중에서도 소설가 이무렬은 중앙일보에 〈문학을 뭘로 아는가〉라는 제목으로 기고했다. "내가 「즐거운 사라」를 읽고 먼저 느껴야 했던 것은 구역질이었고 내뱉고 싶었던 것은 욕지기였다."는 말로 서두를 연 그는 "함량 미달의 불량품이 문화와 지성으로 과대포장되어 문학의 장에 유통되는 것을 막아야 한다."며 공개적으로 비난했다. 안겸한 서울대 교수도 가세했다. "「즐거운 사라」는 헌법이 보호할 예술적 가치가 결여된, 법적 폐기물"이라며 가차없이 매도했다. 서강대 이대돈 교수도 한국일보에 기고했다. "미성년자층 독자들을 현혹하고 건강하고 바람직한 주제를 상실한, 문학 작품의 영역을 벗어난 도서로서 음란영화 비디오와 다를 바 없다."고 비난했다. 그러면서 덧붙였다. "「즐거운 사라」에 등장하는 여대생과 교수 사이의 성관계가 성실한 노력의 상징인 학점이 흥정대상이 된다는 것은 커다란 사회문제가 되지 않을 수 없다."며 소설의 허구성을 망각한 발언도 서슴지 않았다. 이보다 더 황당한것은, 서울대 손본오 교수가 동아일보에 기고한 내용이었다. "마광수로 인해 한국 사회에 에이즈가 늘었다."며, "그를 교수라는 칭호 없이 마광수 씨로 불러야 한다."고, 원색적으로 비난해 댔다. 도대체 문학 작품과 에이즈가 무슨 상관이 있단 말인가! 삼척동자가 웃을 일이 아닌가!

 어디 국내뿐이랴. 세계문학사에서도 유례가 없는 이 초유의 사태 앞에 외신들의 관심도 뜨거웠다. 그중에서도 미국과 일본언론에서는 '작품의 예술성을 체제가 탄압'한다며 한국문화 수준의 저급성을 꼬집었다. 특히 〈인터내셔널 헤럴드 트리뷴〉지誌의 기자는 '한국의 외로운 에로틱 장인匠人'이라는 인터뷰 기사에서 '한국이라는 나라는 1990년대 자유민주주의 국가 중에 허구적 문학 작품을 빌미로 작가를 감옥에 가두고 작가의 발을 묶어 놓은 최초의 국가가 되었다.'고 비꼬았다. 이뿐만이 아니라 대부분 해외언론에서는 '성 이야기를 하다 잡혀갔다'는 식의 희화적으로 보도하며 한국의 편협한 봉건성을 우회적으로 비판했다.
 이러한 것을 자승자박이라고 한다던가. 결과적으로 한국 문단의 실태, 한국문화의 현주소를 스스로 만천하에 공표하는 꼴이 되고 말았다.
 일련의 과정을 지켜보며 광수는 참담했다. 해외언론이나 대중들이야 그렇다 치더라도 같은 문학인들의 마치 악을 응징하는 듯한 몰이해와 독선 앞에 참담하기 그지없었다. 표현의 자유 침해를 넘어 예술의 독자영역을 침범당하는 작태 앞에서도 항변은 고사하고 비난일색에 이무렬의 말마따나 구역질이 났다.

당연히 작품을 비판하고 평가할 자유는 누구에게나 있다. 개인적인 의견을 말할 자유도 있다. 하지만 거기까지다. 옳다 그르다를 논할 권리는 없지 않은가. 작가라면 누구나 자신만이 추구하는 문학세계·문학관이 있을 터, 자신과 문학 성향이 불일치한다고 해서 자신의 이해범주를 넘어선다고 해서 배척하며 매도할 권리는 없지 않은가. 그건 파렴치한 독선이다.

하긴, 차이를 인정하려 않고 다양성을 인정하려 않는 한국 사회·한국 문단의 저 무서운 고질병, 저 무서운 획일성이 어디 어제 오늘의 일이던가! 광수는 스스로 자위하듯 참담하게 중얼거렸다.

반대가 있으면 응당 지지도 있는 법, 문학에 정답이 없다는 말이 괜히 나온 말이겠는가. 스스로 밝히기가 좀 민망스럽지만, 그래도 밝혀야겠다.

고은, 김주영을 비롯한 문인 2백여 명은 표현의 자유 침해와 출판탄압에 항의하는 성명을 발표했고, 몇몇 문인들도 현대판 마녀사냥으로 규정하며 옹호·지지했다. 특히 전북대 강준만 교수는 〈성 혁명과 마광수 교수 구속〉이라는 제목으로 지지의 글을 기고했다. "마 교수의 소설 「즐거운 사라」가 문학이 아니라 음란물이라는 검찰의 견해에 동의할 수 없다. 마 교수의 문학세계는 총체적으로 파악되어야 한다. (…) 그가 추구하는 성애론은 아직은 논란의 여지는 있지만 체계성과 철학적 기반을 갖추고 있다. 그의 성애론은 확고한 신념의 발로이며 결코 인기추구나 돈벌이 수단은 더더욱 아니다. 마 교수의 주장은 성이 생식의 성에서 소비의 대상이 된 현실을 직시하자는 요청임을 유념할 필요가 있다. 성을 금기시만 할 것이 아니라 자유롭게 주체적으로 논의·표현함으로써 그동안 우리 사회에 뿌리 깊게 존재해온 성의 이중성을 타파하고자 한다. 아울러 성이야말로 육체와 정신의 자연스러운 욕구에 부응하는 소비행위임을 분명히 함으로써 '성의 신성화'라는 뿌리 깊은 위선과 기만에 도전하고 있는 것이다." 이어 강준만 교수는 이렇게 고백했다 "나는 「즐거운 사라」를 읽으면서 처음에는 언어의 천박함에 놀랐다. 그러나 마 교수의 구속과 그 이후 일련의 과정들을 목격하면서 내가 마 교수에 대해 의외로 무지했었다는 것을 반성케 했다. 그렇게 식견이 풍부하고 난해한 문학평론까지 쓰는 사람이 「즐거운 사라」에도 난해한 문장 몇 줄, 고상한 이론 몇 줄 집어넣거나 두루뭉술 눙치는 은유나 비유 따위의 수사법으로 좀 더 철저하게 문학으로 위장하지 않았는지 뒤늦게야 이해하게 되었다. 분명 세간의 질타를 인지했음에도 천박한 직설법으로 일관했던 이유는, 다름 아닌 한국 문단을 향한 무언의 질타였고 조소였던 것이다. 두껍게 뒤집어쓰고 있는 문학 신성주의에 대한 도전이었음을 나는 비로소 깨닫게 된 것이다. 구체적으로 무엇이 그러한 깨달음을 주었는가? 바로 문인들이었다. 나는 마 교수의 구속 당시 문단의 거센 반발을 예상했었다. 그러나 놀랍게도 반발은 미미했고 옹색했다. 겨우 문인 2백여 명이 표현의 자유와 출판 탄압에 대한 항의 성명을 발표했고, 소규모 시위를 벌였을 뿐이었다." 심지어 '마광수 소설의 문학성은 인정할 수 없지만'이라는 단서까지 달고 있었다며 문단과 문인의 폐쇄성을 지적했다. 강 교수의 지적은 여기서 그치지 않았다. "마광수의 글에는 거창한 구호는커녕 그 흔해 빠진 민중이니 정의니 하는 단어 하나 없다. 문제는 바로 여기에 있었다. 국가니 정의니 하는 단어 하나만 담고 있어도 고상한 이론, 현학적인 글귀 몇 줄만 담고 있어도 그의 운명은 달라졌을 것이다. 그는 이 사회의 상식을 믿었고 양식을 믿었다." 그러면서 강준만 교수는 단언했다. "오늘의 음란물이 내일의 명작이 될 가능성이 단 1퍼센트에 불과하더라도 그 1퍼센트의 가능성은 존중받아 마땅하다."며, "한국의 수준이 마광수를 평가할 만한 자격을 갖추지 못했다."고 단언했다.

　작가 장정일 또한 〈마광수 교수 구속은 전체주의적 발상〉이라는 글을 기고하며 옹호했다. "「즐거운 사라」의 여주인공은 사회 통념상 금지된 사제 간의 애정행각을 통해 가부장제를 공격하고, 남성 중심의 성문화에 대한 하나의 대안으로 동성애를 시험하기도 한다. 더 나아가 그룹섹스를 통해 순결 이데올로기에 억눌린 성의 이중구조를 풍자한다. 마땅히 제자리에 있어야 할 위계질서와 이성 간에만 허용된 성관계 그리고 남녀 간 1대1 소유에 의

한 규범적 한계를 '즐거운 혼란'에 빠뜨리는 그의 작품이 추구하는 바는, 속으로는 병들고 겉으로는 멀쩡히 위장된 위선적인 사회에 대한 가식 없는 직시와 새로운 성 윤리의 요청이다. (…)"라며 지지의 글을 기고했다.

학생들이라고 어찌 수수방관만 하겠는가. 전격 구속에 분노하며 국문학과 학생들을 중심으로 '명예회복과 석방을 위한 대책위원회'를 결성, 즉각 서명운동을 벌였다. 학생들의 구명운동은 일시적인 것이 아니라 법정 싸움이 끝날 때까지 끈질기게 계속되었다.

아무리 지지의 글을 기고한들 구명운동을 벌인들 무소불위의 권력 앞에 어쩌겠는가. 영어囹圄의 몸만이 기정사실이었다.

난방시설이라곤 없는 감방은 몹시 춥고 을씨년스러웠다. '꼭 자궁 속처럼 무덤 속처럼 어둡고 침침한데 좌우로 둘러 봐야 아무도 없고 20촉 형광등만이 청승맞게 높푸를 뿐'이었다. 덜덜 떨리는 몸을 얇은 매트리스 위에 뉘었다. 밑으로 차가운 냉기가 스며들어 몸은 더 떨려왔다. 정말이지 소설보다 더한 현실 앞에 분노를 넘어 허탈해 올 뿐이었다. 단 하루 간극으로 딴판인 현실이 도무지 믿기지가 않았다. 상상의 산물에 사법의 잣대라니! 가당키나 한 일인가! 광수는 처음으로 한국이라는 나라에 태어난 것이 서럽고 원망스러웠다.

얼마쯤 시간이 흘렀을까. 광수는 일련의 과정을 찬찬히 되짚어 보며 사건의 배후를 캐보았다. 3년 전, 「나는 야한 여자가 좋다」

1992년 11월 마광수 교수 석방 및 예술출판의 자유 보장을 촉구하는 침묵시위

를 발간할 당시부터 거슬러 올라가 보았다. 「나는 야한 여자가 좋다」는 출간하자마자 100만 부라는 판매 부수를 올리며 긍정적이든 부정적이든 마광수라는 존재감은 커져만 갔고, 이러던 차에 「가자, 장미여관으로」「권태」「광마일기」 등이 예상외로 큰 화제를 불러오며 소위 '마광수 신드롬'을 불러왔다. 이쯤 되자 더 이상 방관만 할 수 없었던지 검열기관에서 「광마일기」에 경고 처분을 내렸고, 방송위원회에서도 발언 수위가 높다는 이유로 출연 정지 조치를 내렸다.

「즐거운 사라」만 해도 그렇다. 채 한 달도 되지 않아 8만 부 이상의 판매기록을 올리며 반응은 폭발적이었고, 그러자 이렇게 잡아가둔 것이 아닌가. 이뿐인가. 유죄판결도 나기 전에 체포와 동시에 판매금지 조치를 단행, 이도 모자라 인쇄원판까지 압수당했다. 심지어 저자만이 아니라 출판사 대표까지 동시에 전격 구속이라는 카드를 빼든 것도 유례가 없는 일일뿐더러 증거인멸이나 도주 우려가 없음에도 구속까지 감행했다는 점도 도무지 이해할 수 없는 점이었다. 앞서 검사의 입에서 실토했던 '국가적 사안'이라는 말은 또 뭔가? 단순한 외설 파문으로 치부해 버리기에는 석연치 않은 점이 한둘이 아니었다. 이렇듯 일련의 상황으로 미루어보아 광수는 어렵지 않게 유추해 낼 수 있었다. 보여주자 식의 일종의 표적 수사임을…… 이 이면에는 모종의 외부 입김이 작용했음을…….

이는 분명한데 그 정체를 밝힐 방도가 없다는 것이 또 한 번 절망케 했다.

어머니를 생각하고 학생들을 생각하며 근근이 버티던 차에 구속적부심 재판이라는 것이 열렸다. 막상 법정으로 들어서자 묘한 긴장감에 자신도 모르게 전신이 뻣뻣하게 경직되어왔다. 애써 태연한 척 해보지만 천성이 여리고 겁이 많다 보니 심장박동 소리가 빨라지며 심리적으로 위축되어 오는 것은 어쩔 수가 없었다.

일정한 절차가 끝나자 드디어 양측간의 본격적인 공방전이 벌어졌다. 주된 논쟁은 당연히 문학·예술의 외설성 여부에 관한 학술이론 논쟁이 주요 의제였다.

위엄이라도 내세우기 위함인지 잔뜩 굳어있는 표정으로 앉아있던 검사가 위아래로 사납게 훑어 내리며 단도직입적으로 물었다.

— 왜 하필 그리도 자극적이고 선정적인 작품을 썼소. 그것도 교수신분으로 말이오!

— 연행되어 오던 날, 이것저것 묻길레 답변했습니다. 중복될 뿐입니다.

— 다소 중복되더라도 상관없소. 답변해 보시오.

— 여성의 시각으로 성을 묘사함으로써 성의 주도권은 남성이 주도해야 한다는 획일적인 성 의식 전환을 꾀하고자 했소. 더 나아가 주인공 사라라는 신여성을 통해 성 문제뿐만 아니라 전환기의 한국 사회가 안고 있는 제반 문제들까지 조명해보고자 했소.

— 설령 그러한 취지로 썼다 한들 문장들이 어찌 그리 비속한 거요? 호색적 흥이라도 돋우려 했던 거요?

예를 갖춘 듯하나 어딘지 빈정거리는 듯한 어조가 귀에 거슬렸지만, 광수는 재빨리 머릿속을 수습하며 다소 강경한 목소리로 반박했다.

― 예. 지적하신 대로 비속어가 많습니다. 이유 없이 그리 썼겠습니까. 한국 문단의 교훈주의·경건주의 이런 것들에 대한 반발의 표출입니다. 이 나라에서는 아무리 야한 소설을 쓴다 해도 어법이나 전체 틀은 경건주의가 밑바탕에 깔려 있어야 하고…… 특히 성희 묘사의 경우 대체로 두루뭉술하게 한자어나 외래어 몇 개 집어넣어 품위 있는 문장으로 포장해야 하고…… 결국 이런 것들이 한국문학의 성장을 더디게 하고 표현의 자유를 억압하게 만드는 요인이기도 하다는 생각에 그리 썼을 뿐입니다. 무거움의 미학으로 일관되어온 한국 문단에 가벼움의 미학과 간결하고 평이한 문장을 모토로 신세대 여성의 성의식을 부각하려 했던 것뿐이오.

또 하나 이유를 대자면, 제 문학 소신에서 나온 결과입니다.

― 문학 소신이라 했소? 어디 한 번 들어봅시다.

― 제가 문학을 하는 이유는, 독자들로 하여금 카타르시스, 다시 말해 대리만족·대리배설을 제공해 주기 위함입니다. 이러려면 작가는 현실 속에서는 도저히 불가능하거나 금지된 것들도 얼마든지 표현할 수 있어야 하고 상상할 수 있어야 합니다. 해서 독자들은 작가가 그려놓은 상상 속의 세계를 통해 마음껏 상상하며 억눌려 왔던 욕구들을 대리만족·대리배설 할 수 있어야 한다는 것이 제가 문학을 하는 이유이자 문학의 역할이라고 생각하는 사람입니다.

한번 생각해 보십시오. 계속 먹기만 하고 배설을 못 한다면 몸은 어떻게 되겠습니까. 몸 안에 노폐물이 축적되어 병을 유발할 수도 있지 않습니까. 육체의 원활한 신진대사를 위해서는 배설을 해야 합니다. 정신의 신진대사 역시 매한가지, 정신적으로 억압된 욕구들을 해소해야 합니다. 그렇지만 직접적인 방법으로는 해소할 길이 없지 않습니까. 막말로 살인·강간 같은 것을 자행할 수 없는 노릇 아닙니까. 바로 이러한 때에 예술이 필요하다는 겁니다. 예술을 통해 축적된 욕구들을 간접적으로나마 대리배설 함으로써 심리적 해방감을 얻어 도덕적 일상이 가능해진다는 겁니다. 해서 예술·문학이란 윤리·도덕·상식을 넘어서고 인간의 모든 영역이 그 대상이 되어야 합니다. 성·범죄·악·야수성·파괴성 등 모든 영역이 그 속에 포함된다는 얘기입니다. 어떠한 현실적 기준이나 도덕적 기준도 이 예술의 영역에는 개입되어서는 안 되는 이유도 여기에 있고, 작가의 상상에 의해 그려지는 세계를 예술이냐 외설이냐의 잣대를 들이대서는 안 되는 이유도 바로 여기에 있습니다.

검사의 얼굴이 심하게 일그러졌다. 자신이 듣고자 하는 답변이 아니었는지 아니면 비위가 상했는지 일그러진 표정을 풀지 않은 채 정면으로 쏘아보며 한층 강압적인 어조로 물었다.

— 아무리 문학관이 그렇다 한들 한계선이 있는 것 아니오. 어느 정도 선 긋기가 필요하단 말입니다.

심지어 등장 남성들도 한 남자로만 설정하지 않고 왜 여러 남성을 설정했소. 특히 사제 간의 성관계 내용은 너무 퇴폐적이지 않소. 변태적이지 않소. 사회 통념상 용인되리라고 생각했소. 일설에 의하면 본인 경험상의 얘기라는 설까지 나돌던데…… 설마 그런 거요?

　작품 내용과 작가를 동일시하다니! 세인이나 검사나 하등 다를 바 없었다! 도덕과 통념으로 무장된 저들의 구태의연함이야 더는 말해 무엇하랴마는 그래도 그렇지, 소설은 허구라는 기본상식조차 망각한 것 같은 발언에 기가 찰 노릇이었다. 광수는 터져 나오는 한숨을 꾹꾹 누르며 답변을 이어갔다.

　― 추리소설 작가는 직접 살인을 해보고 쓴답니까. 상상에서 나온 픽션, 허구일 뿐이오! 그럴듯한 거짓말일 뿐이라는 겁니다.

　금지된 사제지간의 애정을 그린 것도 작품 속의 교수를 자신처럼 설정한 것도 가부장제와 권위주의를 공격하려는 의도였습니다.

　또한, 앞서 언급했던 대리배설 차원에서 그런 것뿐입니다.

　예, 그렇습니다. 현실에서는 도무지 불가능하기에 허구 속에서나마 마음껏 카타르시스라도 느껴보고자 그리 설정한 것뿐이오! 그게 뭐가 잘못되었나요? 뭐가 용인할 수 없다는 겁니까? 그런 것이 바로 제가 추구하는 예술의 효능입니다!

　예, 그리고 변태적이라 했나요? 듣던 중 반가운 소리군요. 이 나라의 높으신 분들, 엘리트님들은 낮에는 '마광수 죽여라' 해놓고 밤에는 뻔질나게 룸살롱 들락거리며 별 짓거리 해대는 것은 뭡니까. 낮에는 도덕군자인 양 근엄한 척 점잖은 척 도덕을 입에 달고 사는 사람들이 밤에는 온갖 추태 부리며 위선 떠는 것은 뭡니까.

이 나라의 높으신 분들의 성 타락은 저보다 검사님이 더 잘 알고 있지 않습니까. 낮에는 신사, 밤에는 야수 같은 그 추악한 이중성 말입니다. 변태성 말입니다. 정작 음란한 행위에는 쓸데없이 너그럽고 상상의 성에는 이렇게 단죄하고……

이 또한, 참으로 이중적인 처사가 아니고 뭡니까.

더군다나 이 나라의 성 실태가 어떤지 아십니까. 성 표현의 자유는 없고 성 해소는 음지로만 한정되어 있고 심지어 성욕은 없는 척 포장해야 대접받고…… 이러다 보니 밤만 되면 온갖 매춘·음란·퇴폐가 판을 치고…… 이러한 악순환이 계속되다 보니 성범죄·낙태율은 갈수록 늘어만 가고……

이게 이 나라의 성의 현주소입니다. 마치 쓰레기통에 뚜껑만 덮어 놓은 꼴입니다. 뿌리부터 썩고 곪았건만 해결책은 찾지 못하고…….

쓰레기통에 뚜껑만 덮어 놓고 어쩌자는 겁니까. 구린내까지 덮을 수야 없지 않습니까. 누군가는 과감히 뚜껑을 열고 악취 나는 곳을 정화해야 하지 않겠습니까.

강경한 어조에 검사는 잠시 할 말을 찾지 못해 허둥대며 두어번 헛기침을 하더니 이내 태연을 가장하며 물었다.

— 아무리 그렇다 한들 하고많은 소잿거리 중에 왜 하필 성이오? 다른 소잿거리로도 충분히 표현할 수 있지 않소?

성을 주제로 하는 것 자체가 문학에 대한 모독으로 간주하는 것만 같은 편협함에 광수는 발끈하며 되물었다.

— 제가 거꾸로 묻고 싶습니다. 어째서 아득바득 성만은 안된다는 겁니까? 입으로는 국제화니 개방화니 외쳐대면서 말입니다. 어찌하여 유독 성만은 봉건의 틀 속에 가둬두려고만 하는지 참으로 모를 일입니다.

성이 무슨 죄악이라도 됩니까. 아니면 무슨 신성불가침의 영역이라도 됩니까. 알고 보면 이런 게 다 이 나라의 이상한 점잔주의·양반주의의 악습이 아니고 뭡니까. 좀 더 가볍게 생각해도 될 것을 지나치게 무겁게만 생각하며 임시변통으로 뚜껑만 덮다 보니 오히려 더 악취만 나는 게 아닙니까.

성은 이제 문화 전반, 생활 전반의 화두로 떠오르고 있습니다. 이쯤에서 성에 지나치게 과민한 알레르기에서 벗어날 때도 되지 않았습니까. 더욱이 성을 빼고 어찌 예술을 논한단 말입니까. 특히 에로스 문학에서는 빼놓을 수 없는 요소가 아닙니까.

— 그렇게 성을 다루다 보면 모방범죄가 발생할 수 있는 것 아니오. 특히 청소년들에게 영향이 미칠까, 심히 우려되오.

— 그런 논리라면 폭력영화·범죄소설을 본다고 폭력자·범죄자가 되고, 야한 소설을 본다고 무슨 성범죄자라도 된다는 얘기로 들립니다만……

그렇다면, 범죄소설·폭력영화에도 같은 잣대로 처벌해야 하는 것 아닙니까. 잔인한 영화나 폭력에는 그리 관대하면서 왜 극구 성에만 엄격한 겁니까. 어찌하여 폭력은 되고 성은 안된다는 겁니까.

그래서 모방범죄라도 차단하고자 판결도 나기 전에 인쇄원판까지 압수하며 작품유통을 영구히 봉쇄해버린 겁니까. 어째서 그러한 극단의 조치를 내린 겁니까. 대중들의 읽을 권리·알 권리는 어디로 실종되었습니까.

작가에게는 표현의 자유와 권리가 보장되어야 하는 것처럼 대중들에게는 그 창작물을 온전히 즐기고 비판·평가할 자유가 보장되어야 하는 것 아닙니까. 논의의 대상이 되기도 전에 단죄의 대상이 되었다는 사실! 이는 작가만이 아니라 독자들에게도 불행한 일일뿐더러 사법당국의 파렴치한 표현의 자유 침해가 아니고 뭡니까. 대중들의 영역 안에서 대중들의 안목에 맡겨두다 보면, 시장원리에 따라 유통되든 자연도태 되든 자연스레 흘러갈 것을⋯⋯

시퍼렇게 법의 심판이 앞섰기에 사건이 된 게 아니오! 막말로 성범죄를 저지른 것도 아니고 꼭 이런 식으로 긴급체포해야 할 그리도 중대한 사안이었던 거요!

— 그렇소. 긴급체포할 사안이었소. 성 묘사가 너무 노골적이라 건전한 성풍속과 공동체의 성관념에서 벗어난 음란물이라는 판단하에 그리했던 거요.

— 음란물이라는 판단하에 그리했다 했습니까. 그렇다면 묻겠습니다. 도대체 예술과 외설의 기준이 뭡니까. 검사님이 생각하시는 음란물의 정의가 뭡니까?

의제가 의제인 만큼 광수는 강하게 의문을 제기하며 따져 물었다. 그러자 검사의 입가로 실소인듯한 가느다란 웃음이 스치는것을 광수는 놓치지 않고 보았다. 어디 해볼 테면 해보라는 듯한 조소였다. 광수도 노골적으로 쏘아보며 빤히 쳐다보자 검사는 애써 태연을 가장하며 말했다.

— 개개인의 관점에 따라 다소 차이는 있겠지만 원론적인 차원으로 보자면, 대중성에 부합되지 않고 사회 통념에 반하는 퇴폐적인 내용을 담고 있다면 외설이 아니오. 해서 보는 이로 하여금 성적흥분을 유발할 소지가 있다면 외설이 아니오.

— 그래서「즐거운 사라」가 음란물이라는 겁니까. 퇴폐적인 내용에다 성적흥분을 유발할 소지가 있어서 음란문서라는 겁니까. 신세대 여성의 삶과 의식을 추적하다 보니 작품이 전반적으로 선정적이고 성 표현 역시 노골적인 면도 있습니다만, 그게 그리도 음란한 겁니까.

그리고 대중성에 부합되지 않는 퇴폐적인 내용을 담고 있다면 음란물이라고 하셨나요?

누누이 말씀 드렸습니다만, 무릇 예술이란 상식·통념을 넘어 인간의 본성·야수성·악까지도 파헤쳐 언어라는 수단으로 표현해냅니다. 이러다 보면 당연히 사회통념이나 상식과는 불가피 상충 될 수밖에 없고 더구나 인간의 내밀한 성을 주제로 삼다 보면 사회통념과는 더욱 극명하게 상충될 수 밖에 없습니다. 더더구나 성이라는 것이 다분히 원초적이고 말초적인 속성의 것이 아닙니까. 그리 고상하게 표현할 수 있는 성질의 것이 못되지 않습니까. 다른 분야에서는 리얼하게 표현할수록 예술적 가치가 더해지지만, 성만은 리얼하게 표현할수록 외설이 되고 마는 속성을 내포하고 있다는 것을 누구보다도 검사님이 주지하는 바가 아닙니까.

이처럼 성은 인간의 가장 원초적인 본능일 뿐, 외설이니 뭐니 미·추를 가릴 문제도 아닐뿐더러 선·악의 차원에서 논의될 문제도 아니라는 겁니다.

그리고 또 하나, 보는 이로 하여금 성적흥분을 유발할 소지가 있으면 외설이라고 했습니까.

자, 그렇다면 성적흥분 여부를 음란성의 기준으로 칩시다. 그렇지만 동일한 예술작품을 보더라도 어떤 이는 아름답다고 느끼는 반면, 어떤 이는 거부감을 느낄 수도 있습니다. 배꼽만 봐도 성적 수치심을 느끼는 사람이 있을 테고 전혀 그렇지 않은 사람도 있다는 얘깁니다. 말하자면 저마다 개성이 다른것처럼 성적흥분을 유발하는 대상도 개개인의 성 취향에 따라 다를 뿐, 객관적이고 명확한 기준은 없다는 얘깁니다.

음란성의 개념 또한 그렇습니다. 시대와 국가에 따라 얼마든지 개념은 달라집니다. 더욱이 허구를 다루는 문학 작품에서의 음란성은 일반적으로 통용되는 음란성과도 차원이 다릅니다.

작품의 가치·평가도 그렇습니다. 고정불변의 가치가 어딨겠습니까. 당대만으로 한정 짓는다는 것은 어불성설입니다. 시간의 흐름에 따라 어떤 형태로든 유동적일 수밖에 없고, 사회상이나 정서 등에 영향을 받으며 평가도 달라질 수밖에 없기 때문입니다.

한 예로 D.H.로렌스의 「채털리 부인의 사랑」을 떠올려 보십시오. 제 기억으로는 이 작품이 발간된 것은 1928년, 발간 당시에는 영국 법원에서 외설작품으로 판결이 나는 통에 판매금지처분을 받았습니다만, 그로부터 30년도 더 지난 1960년에야 출판금지가 해제, 지금은 어떻습니까. 세계 명작의 하나로 정평이 나 있지 않습니까. 이처럼 어느 시대든 통념이나 상식이 허용하는 한계 이상의 표현을 시도하며 성을 추구하던 예술가들은 허다했습니다. 당연히 당대에는 비난의 표적이 되었고, 작품들도 외설로 지탄받으며 법정에 서는 일도 있었습니다. 하지만 오래지 않아 명작으로 인정받았던 예는 얼마든지 있습니다. 보들레르의 「악의 꽃」 플로베르의 「보바리 부인」 입센의 「인형의 집」 등도 예외는 아닙니다.

진술이 길어졌습니다만, 한마디만 더 하겠습니다. 가까운 일본만 해도 그렇습니다. 예술작품들이 얼마나 야하고 거침이 없습니까. 평소에는 섬근성이다 뭐다 하며 폐쇄적인 사회라는 인식이 있습니다만, 인간의 기본 욕구인 성에서만은 개방적이고 관대합니다. 인간의 본능과 직결되는 문제이기 때문입니다. 저들이 날로 성산업이 번창하는 것도 따지고 보면 소위 매춘이나 포르노 등 저급문화라고 하는 것들도 사회가 원활하게 돌아가려면 필수 불가결하다는 것을 일찍이 간파한 결과가 아닙니까. 선진국들도 매춘이나 포르노 산업을 인정하는 것도 다 이 때문 아닙니까.

여기에서 간과해서는 안 될 인물이 있습니다. 다니자키 준이치로라는 인물, 일본의 성애 문학의 거장으로 칭송받고 있는 인물입니다. 30년 전에 사망한 인물로 우리가 변태 성욕이라고 치부하는 마조히즘·페티시즘 등을 소재로 한 작품들을 거침없이 세상에 내놓음으로써 현대 에로티시즘 문학의 지평을 연 작가로 칭송받고 있습니다. 무려 30년 전에 사망한 인물입니다. 저는 이들을 떠올릴 때마다 과연 우리나라라면 어땠을까, 생각해 보곤 합니다. 아마도 거창한 이념이니 민중이니 등을 내세운 소위 리얼리즘이라는 획일적 폭력에 휘둘려 싹도 틔우지 못했을 겁니다. 지금 제 꼴이 충분히 증명해 보이고 있지 않습니까.

요컨대 제 말은, 작품의 가치·평가를 당대로만 국한 지우며 섣불리 판단하는 우를 범해서는 안 된다는 겁니다. 더더욱 법의 잣대로 상상의 산물을 재단한다는 것은 누가 봐도 어불성설입니다.

광수는 외설 여부가 주요 의제인 만큼 발언 수위를 높이며 강도 높게 의견을 피력했다. 발언 수위가 높아갈수록 외설이니 예술이니 공방전은 가열되어만 갔고, 한층 외설임을 부각시키려는지 이번에는 주제의식을 문제 삼았다.

― 앞서 마 선생이 거론했던 작품들은 성문학이긴 하나 나름대로 주제의식을 내포하고 있지 않소. 그중에서도 「채털리 부인의 사랑」은 계급차별이라는 뚜렷한 주제의식을 내포하고 있기에 오늘날까지 명작으로 인정받고 있는 것 아니오. 이에 비해 「즐거운 사라」는 성 묘사만 리얼할 뿐, 이렇다 할 메시지나 주제의식이 없지 않소.

― 그런 논리라면 성 자체만을 그린 작품은 외설이고 성 묘사가 아무리 리얼하더라도 메시지나 주제의식을 내포하고 있다면 예술이라는 말입니까.

문학작품이 무슨 도덕 교과서입니까. 계몽서 입니까. 그런 식의 획일적인 발상은 참으로 위험합니다. 거듭 밝힙니다만, 제가 소설 쓰는 목적은 상상적 일탈을 통한 카타르시스 효과에 두고 있습니다.
 사람은 힘들면 환상 속으로 숨고 싶어 합니다. 환상 속으로 들어가 현실의 고통을 잠시나마 잊고 싶어 합니다. 이러한 도피 효과의 일환으로 우리는 예술을 하고 예술을 찾는 것 아닙니까. 잠시나마 현실과는 다른 세계 속에서 위안 아닌 위안을 얻고자 소설을 읽고 영화관을 찾고 연극을 찾는 이유가 아닌가요. 그런 만큼 작가는 현실에서는 도저히 충족시킬 수 없는 욕구들이나 금지된 것들도 작품을 통해 리얼하게 드러내며 카타르시스를 느끼고, 독자들은 작가가 펼쳐놓은 상상의 세계를 통해 축적된 응어리들을 카타르시스 시킬 수 있어야 하고……
 누누이 설파합니다만, 제가 문학을 하고 성에 천착하고 「즐거운 사라」 같은 작품을 쓰는 목적도 바로 여기에 있습니다. 여기에 무슨 주제니 메시지가 필요합니까. 저에게는 그러한 것들보다 독자들에게 얼마나 시원한 카타르시스를 제공할 수 있느냐의 여부가 어떠한 교훈·메시지보다 더 중요합니다!
 ─ 그럴듯한 논리입니다만……
 자, 주제의식은 그렇다고 칩시다. 결말처리는 어떻습니까. 결말처리만이라도 보편성이나 당연성에 바탕을 둔 결말로 마무리 지었다면, 상황은 다소 달라지지 않았겠소. 어떤 식으로든 기존의 소설들처럼 죗값을 치르는 등의 상식선에서의 결말이었다면 말이오.
　앞서 언급했던 「보바리 부인」 같은 경우도 여성의 외도로 당시 기득권 남성들을 분노케는 했지만, 결국은 비참한 말로로 결말을 맺지 않았소.
　「즐거운 사라」는 어떻소. 마지막까지 반성은커녕 새로운 상대를 물색하는 것으로 결말이 나지 않았소. 주제의식은 고사하고 결말처리 또한 사회적으로 통용될 수 없고, 한국 문학사에서도 전례가 없는 결말이 아니오.
　— 예, 으레 문제 제기하리라 예상했습니다. 획일적인 한국 사회·한국 문단의 시각으로 보자면 결단코 용납할 수 없는 결말처리였으니까요. 검사님 말씀처럼 쾌락의 끝에는 비참한 말로가 마땅하거늘 비참한 말로는커녕 당당하게 새 상대를 찾아 나서는 것으로 결말이 났으니까요. 당연히 문제 삼을 수밖에요······
　하지만 검사님, 성이야말로 신이 인간에게 내린 축복 중의 하나요, 마땅히 누려야 할 쾌락이거늘 왜 굳이 비극적인 결말로 처리해야 합니까. 성을 단지 성 자체만으로 그러서는 안 됩니까.
　그렇습니다. 제가 뻔한 결말을 거부한 것도 경직된 리얼리즘 일변도의 한국 문단에 대한 도전이기도 했고, 그보다도 끝까지 개방적인 성 의식을 열어 놓음으로써 독자들로 하여금 마음껏 카타르시스를 누릴 수 있게 해주기 위한 장치로서 그러한 결말처리를 했던 것뿐이오! 다시 말해 독자들로 하여금 작가의 숨은 의도나 교훈은 무엇인지 해석하려 드는 수고스러움 대신 응어리진 욕구들을 대리만족·대리배설 함으로써 시원한 카타르시스를 맛보게 해주기 위한 의도로 그러한 결말처리를 했던 것뿐이오!

 광수는 몇번이나 카타르시스 효과에서 오는 대리만족·대리배설이라는 용어로 예술·문학의 목적을 함축적으로 설명하며 강하게 피력했지만, 구태의연한 저들에게는 통할 리 만무했다. 아닌 게 아니라, 강한 반감을 드러내며 격앙된 어조로 말했다.

— 마 선생은 말끝마다 대리만족이니 대리배설이니 연발합니다만 결국 뭡니까. 성해방이라도 하자는 겁니까.

— 확대해석 마시오. 어떻게 대리만족·대리배설을 성해방과 연관 짓습니까. 무슨 근거로……

 전 이 자리를 빌어 확실하게 밝혀둡니다. 전 한 번도 성해방을 입에 올린 적이 없습니다. 제 저서를 제대로 읽어보지도 않은 사람들이 섣부른 판단으로 저를 무슨 성해방론자쯤으로 곡해하고 있는 모양입니다만, 가장 곤혹스러운 것은 저 자신입니다. 저는 다만 적어도 성 표현·성 논의의 개방을 하자는 겁니다. 성을 무턱대고 터부시만 할 것이 아니라 시류에 맞게 성문화·성 의식을 올바르게 정착시켜 이제는 당당하게 쾌락 추구할 자유를 주자는 의도에서 성 문제를 끌어들인 것뿐입니다. 이 자리를 빌어 이 점, 확실히 해두는 바입니다.

 공방전은 2시간 넘게 이어졌고 시간이 경과할 수록 공허하기만 했다. 광수는 자신만의 문학관·문학 신조를 내세우며 굽히지 않앉고, 검찰 측은 검찰 측대로 아전인수격 해석으로 일관하며 평행선만 달릴 뿐이었다.

공방전이 막바지로 접어들자 응당한 처벌이라고 쐐기라도 박아 놓을 참인지 일반인의 성적 수치심을 유발한다느니 미풍양속을 해치고 전통윤리를 해친다느니 거듭 막연한 개념들을 늘어놓으며「즐거운 사라」가 음란도서임을 한층 부각시켰고, 법정은 갈수록 점입가경을 치달았다. 검찰 측 감정인으로 출석한 서강대 이대돈 교수조차 주인공 사라가 남성 편력을 일삼았음에도 끝까지 반성도 죄책감도 없이 성 자체에만 탐닉했다는 등 판에 박힌 소리만 해대며 외설임을 강조했다. 명색이 문학박사라는 사람이 저리도 상상력이 빈약한데서야!

광수는 더 이상 대꾸할 말이 없었고 대꾸할 가치조차 없었다. 상상의 죄를 따지는 데서야 무슨 대책이 있겠는가!

변호를 담당했던 한승헌 변호사도 보다못해 강하게 반론을 제기했다.

— 권위주의적이고 가부장적인 남성의 이중적 성문화가 지배하는 세태 속에서 20대 젊은 여성이 전환기의 성 윤리에 갈등하고 시행착오를 거듭하며 자신의 정체성을 확립해 나가는 과정을 그렸을 뿐, 그것이 그리도 음란합니까. 잡아 가둘 만큼 그리도 중죄입니까.

미풍양속이라 했습니까. 어느 시대의 미풍양속 입니까. 조선시대의 미풍양속 입니까.

그리고 일반인의 성적 수치심을 유발한다 했습니까. 일반인이라면 누가 어떤 기준으로 규정하며 성적 수치심 또한 어떤 기준으로 규정할 수 있습니까. 이는 지극히 모호한 개념으로 범죄의 기준이 되기에는 미흡하다는 겁니다. 말하자면, 법관 개인의 주관적 독단에 좌우될 수밖에 없다는 얘깁니다. 그러기에 대중들의 판단·평가에 맡겨 시간을 거치면서 검증되어야 옳았던 것 아닙니까. (…) 이처럼 무턱대고 다양한 창의성에 제재를 가한다는 것은, 우리 사회를 획일적인 봉건성에 묶어 두려는 독선적이고 전제주의적 발상이 아니고 뭡니까. 다양한 창작물들이 다양한 형태로 유통·존재하는 것은 당연한 법, 통념이니 미풍양속이니 운운하며 무턱대고 다양성을 차단하다 보면, 문화의 진보도 진정한 예술인도 성문학의 정착도 요원할 뿐입니다!

한 변호사는 강한 어조로 반론을 하며 법의 부당성을 성토했다. 이어 광수도 최후진술이라도 하듯 강하게 성토했다.

— 아무런 단서 없이 상상의 자유, 표현의 자유를 전적으로 허용하지 않는 한, 한국예술은 백날천날 해봐야 제자리걸음일 뿐입니다. 표현의 자유 보장 없이 어찌 예술을 논하며 어찌 예술이 성립되겠습니까.

한번 상기해 보십시오. 국내에서도 외설성으로 사법처리까지 당했던 예들은 있었습니다. 1960년대 염재만의 「반노」 박승훈의 「영점하의 새끼들」 그리고 정비석의 「자유부인」 등이 그렇습니다. 하지만 거기까지였습니다. 음란물이라는 이유로 기소·재판받은 적은 있었지만, 작가 구속까지는 없었습니다. 그로부터 무려 40년이 지난 지금, 유례가 없는 일이 바로 여기서 벌어지고 있다는 사실! 시대가 역행이라도 하고 있습니까. 장발이다 미니스커트다 단속하고 처벌하던 유신 시대에도 이렇게 미개한 필화사건은 없었습니다. 조선시대 신윤복조차 그렇게 야한 춘화들을 그리고도 멀쩡했거늘……

정녕 역사의 시곗바늘을 거꾸로라도 돌려놓을 셈입니까!

어이없게도 역사의 시곗바늘은 역행하고 말았고, 재판장은 판시했다. "이 판결이 불과 10년 후에는 웃음거리가 될지언정 판사로서 현재의 법 감정에 따라 판결할 수밖에 없다."

순간 광수는 어렵지 않게 유추해 낼 수 있었다. 재판장의 저 발언 속에는 이미 유죄를 염두에 두고 있었음을…… 그리고 이내 깨달았다. 차근차근 단계를 밟듯 결론은 애초부터 나 있었다는 것을…… 번연히 질 수밖에 없는 싸움이었다는 것을…….

재판장의 판시에 이어 광수도 단언했다. "예, 재판장님, 10년 후쯤이면 웃음거리가 된다 했습니까. 예, 맞습니다. 10년 후쯤이면 웃음거리가 되고 어처구니 없는 코미디로 기억될 것입니다. 아닙니다. 무슨 10년까지 갈 필요가 있겠습니까. 이미 충분히 대내외적으로 웃음거리가 되지 않았습니까."

연이어 광수는 참담하게 토해냈다. "이 정도의 도전도 한국 사회에서는 수용할 수 없다는 겁니까. 이래서 편향된 국수주의·도덕주의가 낭만적 퇴폐주의보다 더 위험하다는 겁니다. 도덕만 갖다 대면 안 통하는 게 없는 이 도덕 독재국가여!"

 통념을 깨기 위해 '사라'를 창출했건만 정작 통념에 반한다는 이유로 잡아 가두는 데서야! 어쩔 것인가. 속수무책 당할 수밖에…….
 1992년 12월 28일, 두 번의 공판 후, 1심에서 징역 8개월에 집행유예 2년의 선고를 받았다.
 광수는 두 달간의 옥고를 치르며 법의 공정성이나 형평성에 기대하기는 어렵다는 것을 뼈저리게 느꼈지만, 지푸라기라도 잡는 심정으로 항소·상고까지 했다. 역시 법도 권력 앞에는 무력했다. 예상했던 대로 기각판결을 받으며 1심 2심 3심에 걸쳐 유죄판결이 났다.

 사건의 후유증은 컸다. 이혼의 상처도 채 아물기 전에 닥친 필화 사건은 간단없이 질곡 속으로 몰아넣었다. 「즐거운 사라」는 금서라는 딱지가 붙었고 유죄판결로 나자 두 달 후, 연세대에서 직위해제, 졸지에 직장을 잃었다. 한국 최초, 세계 최초의 '구속작가'라는 오명과 함께 마광수라는 이름은 변태·색마 등의 퇴폐적 이미지로 굳어지고 말았다. 신문에 연재하던 글들도 신문윤리위원회의 경고로 중단 되었고, 강연 요청도 방송 출연 요청도 없었다.
 장석주 대표라고 예외는 아니었다. 사건의 여파로 생계수단이었던 출판사는 문을 닫았고, 가정도 일상도 파탄이 나고 말았다. 이 사건 하나로 장 대표 또한 평생의 덫이 되고 말았다. 누구보다도 문학에 조예가 깊었던 그가 이유 없이 그랬겠는가. 그는 자주 언급하곤 했다. "한국의 지식 생태계는 지나치게 한쪽으로만 편향되어 있어 심히 우려스럽다. 지식 생태계가 건강해지려면 균형이 필요하다. 그런 면에서 마 교수의 문학적·사상적 위치가 대단히 독특하고 특별해 균형을 이루는데 적임자라고 생각한다. 이러한 연유로「즐거운 사라」이외에도 다수의 저서들도 발행하는데 선뜻 앞장섰다."고. 이러한 바람도 무색하게 저자만도 모자라 발행했다는 죄 하나로 사법의 칼날을 휘두르다니!

  분출할 길 없는 분노와 울화에 언제부터인가 집에서 혼자 술 마시는 버릇이 생겼고, 하루 세 갑 이상 자학적으로 담배를 피워대다 보니 위장은 나빠져만 갔다. 스트레스 탓인지 어느새 탈모증까지 겹치며 머리털도 빠지기 시작했다. 시나브로 광수는 사법의 칼날 아래 유폐된 사라처럼 세상으로부터 도태되어 가고 있었다. 천재 소리를 들으며 승승장구할 줄로만 알았던 한 지식인은 한 권의 소설로 무너지기 시작했다.

  광수는 오늘도 천정만 바라보며 맥없이 누워 있었다. 간간이 한숨인지 신음인지 모를 가느다란 소리만 거실에까지 들려올 뿐, 몇날 며칠을 송장처럼 누워있었다. 곁에서 지켜보는 어머니도 애간장이 타긴 매한가지였다. 여차하다간 무슨 사단이라도 날 것 같은 조바심에 어머니는 아들을 거실로 불러들였다. 며칠 사이에도 부르튼 입술에 야윌 대로 야윈 행색에 어머니는 저절로 한탄 소리가 터져 나왔다.

― 애야, 이게 무슨 꼴이냐. 무슨 꼴이냔 말이다. 무슨 큰 벼슬을 한답시고 이러는 거냐. 네가 이런다고 누가 알아주기나 하겠느냐. 무엇이 바뀌겠느냔 말이다. 세상일은 다 때가 있는 법이고 급히 먹는 밥은 체하는 법이다. 그러니 앞으로는 입도 닫고 귀도 닫고 글도 더 이상 세상에 내놓지 말거라. 알겠느냐.

보다 못한 어머니는 절필 운운하며 한탄했다. 광수는 일언반구도 없이 벽면 한 곳만을 응시한 채 목석처럼 앉아있었다. 입을 꾹 다문 채 무기력하게 앉아만 있는 아들 모습에 더 애가 타는 어머니는 재차 다짐을 받듯 말했다.

― 누울 자리 봐가며 발도 뻗어야 한다지 않느냐. 성이니 어쩌니 해봐야 여기는 한국 땅이다. 유럽도 프랑스도 아닌, 아직도 유교 잔재가 시퍼렇게 살아 있는 한국 땅이란 말이다. 뿌리 깊게 내린 통념들을 타파한다는 것이 그리 용이한 일이더냐. 세상이 그리 쉽게 변하냔 말이다.

저 꽃 한 송이 피우는 데에도 다 때가 있거늘……

제발 현실을 직시하거라. 똑똑히 현실을 보란 말이다.

잠자코 듣고만 있던 광수가 대뜸 한마디 했다.

― 예, 똑똑히 보입니다. 너무 똑똑히 보이기에 그만둘 수가 없습니다.

예, 계란으로 바위 치기라는 것도 똑똑히 알고 있습니다.

그렇지만 어머니, 하잖은 가랑비에도 옷은 젖지 않습니까. 누군가는 쓰고 말하고 두들겨야 닫혀 있는 문도 열릴 것이 아닙니까. 닫힌 문이 열리다 보면 길도 생길 테고 뒤따라오는 사람도 있을 테고 그러다 보면 어떤 식으로든 변화도 있을 테고……
　설령 그림의 떡이라 한들 전 제 방식대로 쓰고 말하고 행동할 겁니다.
　광수는 마치 무너져만 가는 자신에게 다짐이라도 받듯 힘주어 말했다. 어디서 그런 오기가 생겼는지 자신조차 의아할 일이었다. 어머니의 깊은 한숨 소리가 가슴을 파고들었다. 목 언저리에 깊게 패인 주름도 오늘따라 더 슬퍼 보였다.
　푹푹 한숨만 몰아쉬며 앉아있던 어머니는 어떻게든 단념시킬 요량인지 다시 간곡한 어조로 말했다.
　— 하루 이틀도 아니고 무슨 부귀영화 누린답시고 그러는 거냐. 그만큼 고초를 겪었으면 됐다. 이쯤에서 모든 것을 접고 남들처럼 실속도 좀 차리고 편안한 여생이나 보낼 생각 하며 부디 자중하거라.
　어머니의 목소리에서는 어느새 울음이 섞여 나왔다. 그렇지만 상대가 누구든 빈말을 못 하고 자신의 감정을 속일 줄 몰랐던 광수는 곧이곧대로 대답하고 만다.
　— 어머니, 누구보다도 어머니가 잘 알고 있지 않습니까. 부귀를 바라서도 영화를 바라서도 아니라는 것을 말입니다. 돈이나 벌어 호의호식 하려는 마음이 있었다면 애당초 시작도 안 했을 겁니다.

어머니는 끝내 삭혀 왔던 감정이 분출했는지 쥐고 있던 행주로 벅벅 탁자를 문지르며 다시 신세 한탄하기 시작했다.

— 기어이 네가 제 손으로 제 무덤을 파겠다는 거냐! 왜 굳이 불구덩이로 들어가려 하냔 말이다. 네가 뭐가 모자라서…… 번듯한 직장에 번듯한 경력에 뭐가 모자라서……

그려, 다 이 에미가 박복해서 그려. 다 이 에미 업보인 게다. 창창한 나이에 지아비 앞세우고 네놈 하나 지켜보는 낙으로 이날 이때까지 견뎌 왔건만…….

어머니는 끝내 말을 잇지 못하고 철철 울고 말았다.

광수인들 어찌 어머니 심정을 모르랴. 전쟁통으로 사십도 되기 전에 지아비 잃고, 평생을 아들만을 바라보며 억척스럽게 살아온 어머니였다. 묵묵히 빈곤과 싸우며 외로운 삶을 견뎌온 어머니였다. 홀어머니에 외아들이었지만 극성스럽게 집착하지도 않았고, 보상을 바라지 않는 무조건적인 사랑으로 뒤에서 묵묵히 뒷바라지만 해줄 뿐, 아들을 향한 애정은 절대적이었다. 어머니의 절대적인 애정만큼이나 가슴 한켠에는 늘 어머니에 대한 부채의식과 안쓰러운 마음이 자리하고 있었다. 절필 운운하다시피 자신이 책을 낼 때마다 가슴 졸이는 날이 이어진다는 것도 잘 알고 있었다. 필화사건 때만 해도 그랬다. 감당할 수 없는 충격에 어머니는 덜컥 급성 녹내장 진단을 받았고, 지금까지도 완치하지 못하고 있었다. 하루하루 눈에 띄게 쇠약해 갈수록 부채의식도 커져만 갔다.

어머니라고 다르지 않았다. 1·4후퇴 피란 중에 몸 푸는 바람에 어린 자식 입에 풀칠조차 제대로 못 해준 것이 평생 한으로 남아 있었다. 아무리 난리통이라고는 하나 변변하게 먹이지도 입히지도 못한 탓에 어릴 적부터 잔병치레가 많았고, 허약체질인 데다 유약했다. 어른이 된 지금까지도 몸이 부실해 어머니로서 평생 목의 가시처럼 빚진 마음에 시달리게 했다. 그런 만큼 아들이 힘들어할 때마다 더 안쓰럽고 측은하기만 했다. 아들이나 어머니나 서로에 대한 부채의식에 시달리며 절박하긴 매한가지였다.

 모든 것을 잃은 듯했으나 광수에게는 학생들이 있었다. 세상도 언론도 어느 것 하나 제 편이 아니었지만, 학생들만은 제 편이었다. 앞에서도 밝혔듯이 전격 구속되자 무죄와 석방을 촉구하는 서명운동을 벌였고 법원으로 몰려가 시위를 했다. 이도 모자라 92년 말, 1심에서 유죄판결을 받자 학교에서 직위해제 되었고 이에 분개한 학생들은 총학생회 명의로 연세대 교정에 플래카드를 내걸었다. "마광수 교수는 결코 인도와도 바꾸지 않겠다."는 플래카드였다. 영국인들이 셰익스피어를 인도와도 바꾸지 않겠다며 칭송한 말을 차용해 이와 같은 플래카드를 내건 것이었다. 결국 주한인도대사관측의 항의로 오래지 않아 철거는 당했지만, 당연히 복직되어야 한다는 학생들의 간절한 염원을 담아 내건 플래카드였다. 그뿐만 아니라 이듬해 2월, 졸업을 맞은 국어국문학과 학생들은 졸업식장에 현수막을 내걸었다. "후배들에게 남길 건 마광수 교수님 수업 뿐"이라는 내용의 현수막이었다. 선생으로서 이보

이태문 시인의 블로그에서

다 더한 찬사가 어딨겠는가. 광수는 가슴이 벅차옴과 동시에 문득 덕필유린德必有隣이라는 말이 뇌리를 스쳤다. 무슨 일이 있든 자신의 편이 되어 주고 인정해 주는 학생들이 있기에 외롭지 않았다. 교수로서의 체면 따윈 벗어던진 채 학생들의 편에 서서 학생들의 시선으로 소통하고 공감하며 사심 없이 함께해 온 결과이리라.

낭보는 이어졌다. 계란으로 바위 치기라는 것을 알면서도 항소심이 이어지던 94년 1월, 「즐거운 사라」가 일본어판으로 부활했다. 아사히TV 출판부에서 니카다 여자대학교의 구마타니 야키야스 교수에 의해 번역·출간되었다. 그런데 아이러니하게도 한국과는 대조적이었다. 쓰쿠바대학의 한국학자 후루타 히로시 교수는 근대 이후, 여성의 성을 주제로 한 한국 최초의 반유교 소설이라는 호평을 냈고 더구나 여성이 성에 능동적으로 대처해 나가는 과정이 페미니즘 소설로의 손색이 없다고 높이 평가하며 한국소설로는 최초로 판매 부수 10만 부를 기록, 베스트셀러 반열에 올랐다. 한국 하면 막연히 유교의 나라라는 인식이 강했던 만큼 이들에게는 작품이 신선했던 것이었다. 정작 이 나라에서는 구역질이 난다며 에이즈가 늘었다며 음란 비디오와 다름없다며 또한, 법정에서는 미풍양속을 해치고 끝까지 반성이 없다며 인쇄 원판까지 압수, 그리하여 작가는 전과자로 낙인찍히고 영구히 유폐시켜버린 소설이 일본에서는 베스트셀러라는 사실! 이 아이러니! 이 역설! 은 어디에서 기인한단 말인가. 섬 기질이니 섬 근성이니 그토록 폐쇄적인 일본 사회도 다른 것은 차치하더라도 인간의 본능인 성에서만은 한국과는 인식이 다르다는 방증인 것이다. 저들은 이미 근대문학 초기부터 문학의 독자성을 인정해왔고 이에 에로티시즘 문학, 섹슈얼리티한 소재의 문학들이 정착되면서 더 이상 외설스러운 것도 음란한 것도 아닌, 극히 일반적인 문학의 한 장르로 대중성을 확보하고 있다는 방증이다. 해서 오늘날까지 다니자키 준이치로 같은 작가들이 칭송을 받고 무라카미 하루키, 무라카미 류 같은 작가들이 거침없이 표현하며 세계적으로 명성이 자자한 것이다.

 광수로서는 낭보임에는 틀림없었지만 한편, 한국의 답답한 현실만 더 각인시켜주는 것만 같아 마음이 심란해 올 뿐이었다.

 고통 속에서도 이런저런 낭보와 법 집행에 대한 찬·반 여론만 분분한 채 필화사건으로부터 일 년이란 세월이 흐른 1993년 11월 26일, 문화일보는 구속배경에 대해 이같이 밝혔다. "최근 연세대 교수와 학생들 사이에 마광수 교수의 복직 운동이 일고 있는 가운데 지난해 10월, 검찰이 마광수 교수를 사법처리하게 된 배경이 밝혀져 관심을 끌고 있다. 당시 중립 내각의 현순중 국무총리는 평소 원로교수들 사이에서 평판이 좋지 않은 마광수 교수의 사법처리를 비밀리에 법무부와 검찰에 암시, 이에 구속사건으로 확대된 것으로 알려졌다. 검찰 관계자가 밝힌 바에 의하면, 법학자 출신이자 보수 성향이 강했던 현순중 국무총리가 수사를 지시했고, 심제윤 고검장의 지휘하에 김준대 검사가 수사한 것임이 밝혀졌다."

일 년이 지난 지금에 와서 밝혀진들 어쩌란 말인가. 정치적 음모든 배후가 누구든 이미 일 년이란 세월은 흘렀고, 그동안 겪었던 고통들도 어떠한 것으로도 보상받을 수 없지 않은가. 그보다도 잘 짜인 시나리오 속에서 광대 짓만 해왔다는 허탈감과 힘도 백도 없는 자신을 타깃으로 삼아 본때를 보여주자 식의 전시효과를 노린 법 집행이었다는 생각에까지 미치자 분노를 넘어 헛웃음만 나왔다. 그렇다면, 전시효과를 노린 법 집행이었다면 일단은 성공한 셈 아닌가. 그렇지 않은가. 포승줄에 꽁꽁 묶여 끌려가는 그 세기말적 광경 앞에 꼭꼭 숨겨야 할 성을 까밝힌 죄가 얼마나 중죄인지를 만천하에 각인시키는 효과를 노렸다면, 괄목한 만한 성공을 거둔 셈이 아닌가!

언제까지 주저앉아 있을 수만은 없었다. 어머니와 제자들을 생각하며 간신히 심기일전한 광수는 틈틈이 초고로 써 두었던 원고를 다듬기도 하고 한동안 접었던 그림에도 손을 대기 시작했다. 바로 이러던 차에 벗이었던 서양화가 이목일 화백으로부터 뜻밖의 연락이 왔다. 하도 딱해 보였는지 이참에 본격적으로 그림을 그려보면 어떻겠느냐는 제의와 함께 유화와 아크릴화를 중심으로 50여 점쯤 완성되는 대로 화랑은 물론 전시회까지 주선해 주겠다며 진지하게 제의해 왔다. 광수로서는 감지덕지한 일이었지만 막상 전시회까지 제안을 받자 기쁜 반면 덜컥 겁도 났다. 실은 책을 낼 때마다 손수 그려 넣었던 표지화나 삽화를 눈여겨 보아

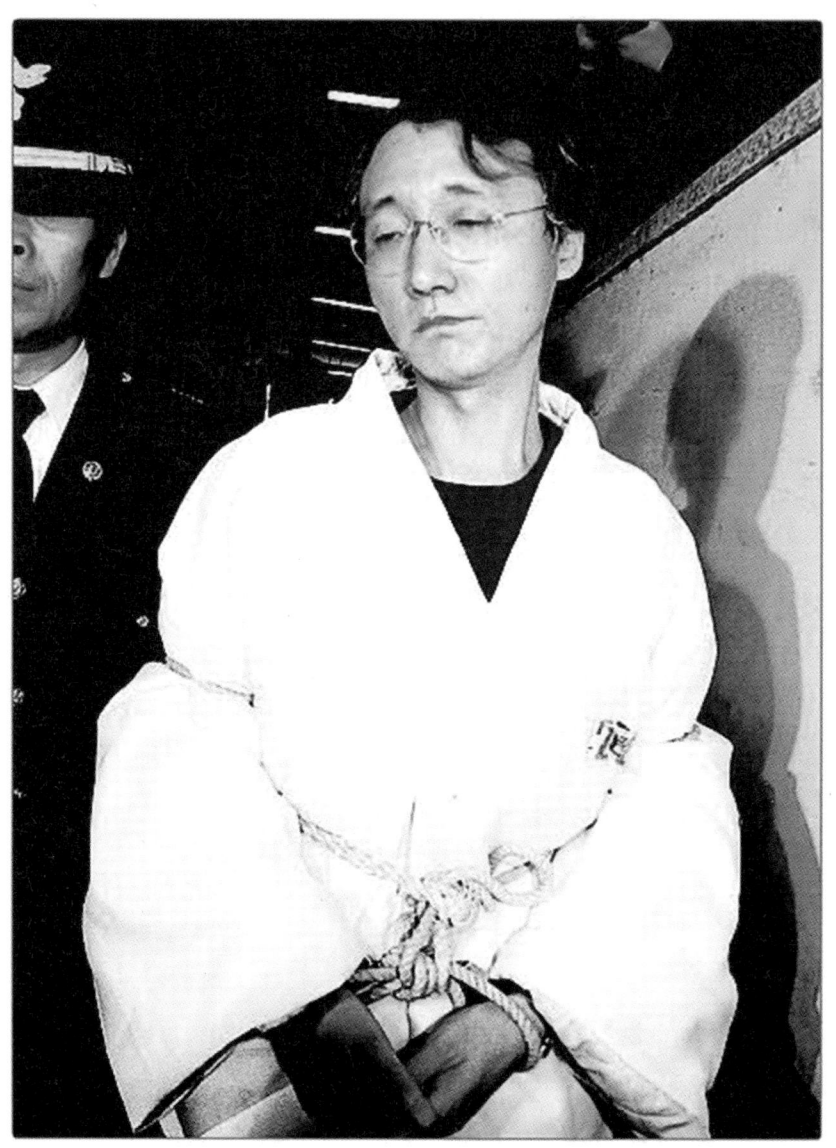

출처 : 한국일보(1992년 음란문서 제조 및 판매협의로 구속된 마광수 교수)

왔던 이 화백은 2년 전의 전시회 때에도 한 일원으로 동참시켜준 적이 있었다. 하지만 그때에는 강의하랴 원고 쓰랴 여념이 없었고 이렇다 할 작업실도 없었던 터라 고작 먹 하나로 문인화 몇점 출품한것이 고작이었다. 이번과는 사정이 달랐다. 그렇지만 상황이 상황인만큼 광수는 이 화백의 제안을 흔쾌히 수락했다. 그러자 작업공간이 또 문제였다. 이 화백은 작업실마저 공동으로 쓰자고 했지만 거기까지 폐 끼치고 싶지 않아 고심하던 차에 우연히 사정을 알게 된 또 다른 지인으로부터 가평에 있는 별장을 내주겠다는 것이 아닌가. 자연 속에서 그림에만 몰두하다 보면 심신의 안정도 되찾을 수 있을 것이라는 말과 함께…… 역시 짓밟는 것도 사람이었고 일으켜 세우는 것도 사람이었다. 이들의 따뜻한 배려로 화필을 잡을 결심을 한 광수는 망설임 없이 길을 나섰다.

   버스에서 내려 얼마쯤 한적한 곳으로 들어서자 도심에서는 느낄 수 없는 청정한 공기와 탁 트인 공간에 숨통이 트여왔다. 번잡한 인간의 손이 닿지 않은 풀꽃들도 한층 원색으로 화사했다.

   별장은 가평읍에서 한참 들어간 명지산 골짜기 외진 곳에 자리하고 있었다. 짐을 꾸리면서도 이래저래 걱정이 앞섰지만 막상 당도하자 돌로 지은 아담한 단층에 취사 시설까지 구비 되어 있어 별 불편함은 없을 듯했다.

   자연이 주는 힘일까. 지인의 말마따나 산골의 정취 속에서 모처럼 그림에 빠져 지내다 보니 절로 심신도 안정이 되어 왔다. 광수는 새삼 절감했다. 역시 그림은 문학에 비해 호탕해서 좋았다. 문법을 따져가며 토씨 하나하나에 신경 써야 하는 글쓰기와는 달리 그림은 형식에 크게 구애받지 않아서 좋았다. 더욱이 손으로 비비고 문지르고 때로는 나이프로 그어대기도 하는 캔버스 작업은 문학과는 비교가 안 될 만큼 시원한 카타르시스를 제공해 주었다. 그러고 보니 예술가 중에 미술가들이 가장 장수한다는 말을 얼핏 들었던 기억도 났다. 오랜만에 그림과 정면으로 마주하자 그 말도 일리가 있는 것도 같았다. 한때는 미술이냐 문학이냐 진지하게 고민하던 때도 있었거늘 이때만큼은 문학을 택한 것이 후회가 들 정도였다. 비단 이때만이 아니었다. 마음 한켠에는 늘 미술에 대한 애착과 선망이 자리하고 있었다. 어릴 적부터 문학 못지않게 그림 그리기를 좋아했고, 중·고등학교 때에도 미술반에 적을 두어 각종 사생대회에서 종종 상을 타곤 했었다. 지금까지도 출판하는 책마다 줄곧 표지화나 삽화를 그려 넣는 등 그림을 향한 욕구는 식을 줄 몰랐다. 여태 식을 줄 몰랐던 그림을 향한 욕구와 그간의 울화들 분노들을 고스란히 화폭에 담으며 붓질에만 전념한 지 어느덧 넉 달, 유화를 중심으로 그럭저럭 전시회용 작품들이 얼추 마무리되었다. 생각 같아서는 눈 딱 감고 눌러앉고 싶었지만 그럴 수도 없는 노릇, 광수는 별장을 뒤로한 채 아쉬운 발걸음을 돌렸다.

  드디어 1994년 1월, 서울 압구정동의 다도화랑에서 〈마광수 미술전〉을 열었다. 3년 전, 이 화백을 비롯한 작가 이외수 등 〈4인의 에로틱 아트전〉 이후의 첫 개인전이었다. 사람들이 오든 말든 성황을 이루든 말든 그런 것은 아무래도 상관없었다. 단지 그림에의 욕구를 이런 식으로나마 발산할 수 있다는 것이 광수로서는 감지덕지할 뿐이었다. 이를 계기로 이후에도 문학과 미술의 융합을 시도하며 그림에의 욕구를 해소해 나갔다.

전시회로부터 딱 1년 뒤, 항소심에 이어 상고심 공판이 계속되던 95년 2월, 책 한 권이 세상에 나왔다. 연세대 국문학과 학생회는 사회평론사를 통해「마광수는 옳다」라는 저서를 발간했다. 600페이지에 달하는 두터운 백서였다. 스스로 밝히기가 쑥스러운 면도 있지만, 머리말 부분을 발췌해 보겠다.

> (…)마광수 교수를 음란문서 제조죄로 몰아붙이던 사회 지탄이 우리에게는 오히려 한국사회의 음란죄처럼 들려왔다. 마 교수님이 음란하기 때문에 사법적 제재가 필요했던가? 우리는 단호히 '아니오'라고 단언할 수 있다. 그렇다면 왜 마 교수님은 구속될 수밖에 없었는가? 그것은 마 교수님을 감옥에 가둔 사람들 자신이 음란하기 때문이었다. 그들은 '성'을 음지에서만 인정하고 밤과 술자리에서만 성을 취급하기 때문이었다. 자신들은 성을 탐하고 즐길지라도 대중들이 성을 즐기는 것은 사회 타락을 조장할 우려가 있다며 통제한다. 그들에게 있어 성은 신성한 것이면서 동시에 은밀한 것이다. (…) 우리는 마 교수님을 음란문서 제조범으로 몰아가던 검찰의 성에 대한 이중적 실태를 통해 검찰의 음험함을 보았고, 검찰을 옹호하던 지식인들에게서도

음험함을 보았다. (…) 성 문제는 전체주의적 강제를 통한 금욕으로 풀어서는 안 되며 인간의 욕망 또한 솔직하고 자연스럽게 표현하면서 건강하게 풀어갈 수 있는 분위기를 조성해야 한다는 마 교수님의 주장에 우리는 동감한다. 아울러 성담론을 공론화하고 성 논의를 활성화해야 우리 사회의 고질병인 이중적 허위의식과 수구적 폐쇄성에서 벗어날 수 있고 문화진보로도 이어진다는 주장에도 우리는 지지한다. 그렇기 때문에 우리는 '마광수는 옳다'고 단언할 수 있다.

바로 이것이 국문학과 학생회에서 발간한 「마광수는 옳다」 머리말의 일부였다.

광수는 다시 한번 자신이 제자들에게 어떤 존재였는지 절절히 느낄 수 있었다. 변태라느니 색마라느니 세상이 어떻게 낙인찍든 제자들의 지지와 믿음에는 변함이 없었다. 600페이지에 달하는 두터운 백서만큼이나 그들에게서 깊은 믿음을 절절히 느낄 수 있었다.

허나, 아무리 제자들이 발버둥 쳐본들 무소불위의 권력 앞에 어쩌겠는가. 무슨 수로 완강한 법원을 움직일 수 있겠는가. 구속으로부터 3년만인 95년 6월 16일, 마침내 대법원에서 상고기각 및 원심을 확정했다. 기각이유가 뭔지 아는가. "국가적 사안으로 국가정책을 악화시킬 우려가 있어 기각한다."고 쐐기를 박았다. 국가 사안은 무엇이며 국가정책은 뭐란 말인가. 일개 교수의 소설

한 권이 어찌 국가 사안이 되고, 무슨 수로 국가정책을 악화시킨단 말인가!

　광수는 다시 한번 권력의 횡포, 공권력의 횡포 앞에 절망할 수밖에 없었다.

　최종 유죄판결과 동시에 학교에서도 완전 해직되고 말았다. 이를 지켜보면서 어떤 이는 천재의 몰락이라고 아쉬워하는 이도 있었고 또 어떤 이는 재기불능이라고 아쉬워하는 이도 있었다.

　몰락이든 재기불능이든 광수는 이대로 주저앉아 있을 수만은 없었다. 극심한 분노와 상실감에 한동안 모든 것을 포기한 사람처럼 술과 담배에 찌든 나날을 보내던 광수는 다시 털고 일어났다. 자신을 지키기 위해 끝까지 포기하지 않았던 제자들을 생각하고 노심초사 가슴 졸이는 어머니를 생각하며 다시 펜을 잡았다.

　그런데, 창작에 몰입할 수가 없었다. 검열이란 것이 공포로 덮쳐오기 시작했다. 실은 어제오늘의 일은 아니었다. 필화사건 이전에 「광마일기」가 검열기관으로부터 경고 처분을 받았고 그러던 차에 사건까지 덮치자 대놓고 검열기관들이 옥죄어 왔다. 출판사 사정도 다르지 않았다. 출판사 대표까지 구속당했던 터라 혹 불똥이 튈까, 웬만한 출판사에서는 손사래를 쳤고 책 판매도 저조할 수밖에 없었다. 더 불안한 것은, 검열 자체도 그렇거니와 명확한 검열 기준이나 원칙이 없다 보니 더 막연한 공포로 덮쳐왔다. 이럴 바에는 차라리 사전검열제도라는 것을 지정, 사전에 검열을 받고 쓰는 것이 낫지 않을까, 하는 생각마저 들게 했다. 그보다도 어찌

하여 검열기관이 버젓이 존속하고 있는가. 불온서적이나 색출하던 군부독재시절도 아니고 이러한 기관이 아직도 서슬 퍼렇게 현존하고 있다는 것 자체가 우스운 일이었다. 더 우스운 것은, 이 나라의 젊은 작가들조차 항의 한번 없다는 사실이었다. 생각해보라. 검열제도의 완전철폐, 표현의 자유의 완전 보장 없이 어찌 예술 발전이 있겠는가. 다들 알고도 남을 사람들이 언제까지 수수방관만 할 참인지…….

광수는 교권과 표현의 자유만 유린당한 것이 아니었다. 시나브로 글 쓸 자유마저 서서히 유린당하고 있었다. 한껏 상상의 날개를 펴다가도 또다시 외설 시비에 휘말리는 것은 아닐까. 이게 문제가 되지 않을까, 자신도 모르게 몸사리게 되고 표현 수위를 염두에 두고 쓰다 보니 마음껏 표현해낼 수가 없었다. 분방한 상상력은 고갈되어만 갔고 심적으로도 위축되어만 갔다. 쓸수록 창작의 고통에 검열의 공포까지 더해지며 고통을 배가시켰다. 그렇다고 굽힐 생각도 수정할 생각도 없었다. 검열공포에 시달릴지언정 작품세계를 변질시킬 생각은 없었다. 여전히 성을 써 내려갔고 여전히 에로티시즘을 추구했다. 「성애론」, 「시학」, 「카타르시스란 무엇인가」 등이 바로 이러한 고통 속에서 쓰인 작품들이었다.

제 운명으로 살 수 없는 운명

긴 고통의 시간들을 견디다 보니 98년 3월 13일, 김대중 정부가 들어서며 복권되었고 5월에 복직했다. 93년 직위해제로부터 실로 5년 만의 복직이었다. 얼마나 긴 고통의 터널을 견뎌 왔던가. 얼마나 긴 불면의 밤을 견뎌 왔던가. 광수는 새삼 감회가 깊었다. 5월의 캠퍼스도 반겨주는 듯 발밑으로 무수히 봄꽃들이 흔들렸고 봄 햇살을 받아안은 캠퍼스도 한층 화사했다. 계절은 화사하건만, 달라진 것은 없었다. 역시 환영해 주는 것은 학생들뿐이었고 교수들의 반응은 싸늘했다. 다들 약속이라도 한 사람들처럼 교묘하게 등 돌리고 외면하며 노골적으로 싫은 티를 냈다. 다른 사람들은 차치하더라도 한 솥밥 먹는 동료들은 다르리라는 일말의 기대도 있었지만 여지없이 무너지고 말았다. 하긴, 그럴 만도 했다. 누가 달가워하겠는가. 신성한 상아탑의 이미지와 고귀한 저들의 이미지에 먹칠만 해대는데 누가 달가워하겠는가. 그렇다고 먼저 손 내미는 일도 없었다. 여태 그래왔듯이 누구의 눈치 보는 일 없이 비위 맞추는 일 없이 소신대로 처신했고 행동했다. 그러다가도 식사 때는 고역이었다. 전에는 가끔 점심 식사 때가 되면, 구내식당에서 몇몇 동료들과 함께 식사하던 때도 있었건만 이제는 식사하자는 사람 하나 없었다. 「나는 야한 여자가 좋다」 출간 이후부터 뜸해지기 시작하더니 구속까지 당하자 아예 등 돌리고 말았다. 매번 연구실에서 컵라면이나 빵만으로 때울 수도 없는 노릇이라 부득불 구내식당을 이용하지 않을 수도 없었고 그럴 때면 일부러 점심 시간대를 피해 식당으로 가 눈칫밥 먹듯 배를 채우곤

했다. 천성이 사교적이지도 못한 터라 혼자 먹는 밥이 오히려 뱃속 편하기도 했다.

그날도 점심 시간대를 피해 두어 시쯤에 식당으로 가 점심을 먹고 있을 때였다. 웬일인지 점심시간이 훨씬 지났음에도 문과대 교수 몇몇이 식당으로 들어오는 것이 보였다. 굳이 아는 체해봐야 서로 심기만 불편할 것 같아 광수는 잠자코 식사만 했다. 미처 눈치채지 못한 그들은 그리 떨어지지 않는 곳에 앉았다. 보아하니 식사라기보다는 간단히 요기라도 할 양 그들은 우동을 시켰다. 시시껄렁한 대화를 주고받으며 단숨에 우동 반쯤을 비운 신 교수가 느닷없이 빈정거렸다. 일부러 들으려고 한 것은 아니었지만 거리상 지척인 데다 식당이 조용하다 보니 본의 아니게 듣는 꼴이 되고 말았다.

— 마 교수 말일세, 그 나이에 무슨 부귀영화 누린답시고 그리도 발악해 대는지 원…… 그런 고초를 당하고도 아직도 사디즘이니 마조히즘이니 페티시즘이니 들먹이며 뭐라고 하는지 아는감? 사디즘이나 마조히즘이라는 성욕도 엄연한 인간 본능에 내재해 있는 욕구라며 무턱대고 혐오만 할 것이 아니라는 거야. 개개인의 성 취향의 문제일 뿐이라나 뭐라나……

아직도 참으로 발칙한 논리를 펴며 해괴한 소리만 해대니 원…… 교수면 교수답게 처신을 해야지. 교수품위는 혼자 다 먹칠해대고 있어.

그러자 김 교수가 냅킨으로 쓰윽 입가를 닦으며 거들었다.

— 그러게 말입니다. 몸 보전이나 잘하고 있으면 학계 원로에다 명예교수쯤으로 대접받으며 편안한 노후는 따 놓은 당상인데 말입니다. 그 안락한 삶을 마다하고 왜 굳이 시궁창으로 가려고 기를 쓰는지 알다가도 모를 일입니다. 그만큼 당했으면 이골이 날 만도 한데 아직 혼이 덜 난 모양입니다 그려. 어허허…….

이빨 사이에 이쑤시개를 끼운 채 맞장구를 치며 듣고만 있던 이 교수가 한 술 더 떴다.

— 신 교수 김 교수, 그 정도로는 약과일세. 아니 글쎄, 이번에 낸 소설에는 떡하니 자신의 실명인 마광수를 남자 주인공으로 내세웠지 뭡니까. 이도 모자라 덕지덕지 화장하고 울긋불긋 머리도 염색하고 빨간 매니큐어 칠한, 한껏 야하디야한 여자로 다시 태어나고 싶다고도 합니다.

어허, 거참, 갈수록 가관입니다, 가관……

마 교수 같은 사람 둘만 있어도 이 한국 사회는 섹스 천국이 되고 말 겁니다. 하하핫…….

주위와는 아랑곳없이 저들끼리 한바탕 떠들어 대더니 잰걸음으로 식당을 뒤로했다. 성 결벽증에라도 걸린 사람들처럼 저들의 고질적인 이중성이야 더는 말해 무엇하랴마는, 그래도 노골적인 비아냥에 속이 메스꺼워왔다.

저렇듯 「즐거운 사라」같은 국내 성애소설은 저속한 포르노 문학쯤으로 깔아뭉개는 저들이지만, 외국 작품·외국 사상가들에 대해서는 주석 하나에도 연구하고 검토하려 드는 저들이다. 저들에게 있어 '채털리 부인'이나 '엠마누엘'의 성희는 자유분방함이고 '사라'의 성희는 단지 퇴폐적인 음란물일 뿐이었다. 이런 것이 바로 비굴한 사대주의가 아니고 뭔가. 광수는 다시 한번 예나 지금이나 지식인 사회에 만연해 있는 맹목적인 사대주의의 한 단면을 보는 것 같아 입맛이 싹 가시고 말았다.

식당에서 나온 광수는 천천히 연구실로 걸어가며 저들의 말들을 곱씹어 보았다. 저들의 말마따나 눈치껏 처세만 잘하다 보면 얼마든지 탄탄한 앞날은 보장되어 있었다. 적당한 선에서 타협하고 아부하다 보면 학계 원로로 대접받으며 안락한 노후쯤은 얼마든지 보장되어 있다는 것쯤은 누구보다도 자신이 알고도 남았다. 불과 25세라는 나이로 대학강단에 서기 시작하지 않았던가. 광수는 오랜 세월 보아온 저들의 간특한 표리부동함이 태생적으로 자신과는 맞지 않았다. 해서 여태 독자의 길을 고집해 왔고 해서 여태 처절한 고립 속에서 외롭게 견뎌 왔고, 견디고 있지 않는가!

그리고 신 교수가 입에 담았던가? '교수면 교수답게'라는 말, 저들이 말하는 '교수다운'은 뭔가. 어떤 것이 교수다운 건가. 입으로는 국가니 민중이니 외쳐대면서 뒤로는 권력과 결탁하고 눈치껏 부화뇌동하며 사리사욕이나 채우는 것이 교수다운 건가. 이해득실에 따라 교언영색하며 기득권 유지에만 급급하는 것이 교수다운 건가. 광수는 그저 헛웃음만 나올 뿐이었다. 그리고 절감했다. 고여 있는 물은 역시 썩는 법이라는것을…….

크고 작은 갈등과 여전한 검열공포에도 부단히 집필하고 강의하며 근근이 버티다 보니 2000년 새해가 밝았다. 광수에게는 다사다난이라는 말로는 모자랄 정도의 그야말로 우여곡절의 1990년대였다.

광수는 간절히 바랐다. 부디 2000년부터는 거창한 명분아래 폭력을 합리화 하고 고통을 합리화하는 일 없이 합리적 사고와 지성의 바탕 위에 문화 전반이 좀 더 세련되고 표현의 자유가 조금이나마 개선되기를 바라고 바랄 뿐이었다.

그런데, 그런데 산 넘어 산이라던가. 이런 바람도 무색하게 회오리바람이 휘몰아쳤다. 또다시 인생을 뒤흔드는 회오리바람이었다. 어렵게 복직한 지 딱 2년 만에, 이번에는 아예 학교에서 내쫓으려 달려들었다. 학과장인 김철인 교수를 필두로 학과 인사위원회의 몇몇 교수들이 야합, 재임용 부적격 판정을 내렸다. '학술연구자로서의 의무적 연구 활동을 한 것이 없다.' 요컨대 '논문 실적 미비'의 이유를 대며 재임용 탈락 시켜야 한다는, 국문학과 인사위원회 결의서를 학교본부에 제출했던 것이었다. 광수는 할 말을 잃고 말았다. 넋을 잃고 말았다. 다른 이유도 아니고 감히 학문적 자질 운운하며 학교에서 내쫓으려 하다니!

좋다. 자, 그렇다면 한번 따져보자. 무턱대고 연구 실적물이 미비하다고만 할 것이 아니라 90년대 필화사건의 여파로 8년간 야인으로 지내는 동안 절필하다시피 한 기간을 감안해야 하는 것이 아닌가. 아니, 이도 좋다. 굳이 이 기간을 감안하지 않더라도 필화사건 이후 「카타르시스란 무엇인가」 「시학」 「자유에의 용기」 「인간론」 등 다양한 장르의 창작물을 펴내며 누구보다도 왕성한 집필활동을 해온 것은 주지의 사실 아닌가. 이에 광수는 집필한 저서들을 언급하며 따져 물었다. 그러자 저들은 또 황당한 주장을 했다. '문학 작품은 논문이 아니라 잡문'이라며 심사대상이 될 수 없다고 우겼다. 잡문이라니! 문학 작품이 잡문이라니! 어째서 잡문인가. 외국 작가들의 고상한 인용문·주석이 없어서 잡문인가. 저들이 금과옥조처럼 떠받드는 외국 작가의 학설이 없어서 잡문인가. 자, 이번에도 백번 양보해서 잡문이라고 치자. 그렇다면, 변변한 논문 실적 없이 재임용과 승진을 거뜬히 통과하는 사람은 어떤 사람들인가. 이는 어떻게 설명할 것인가. 누가 봐도 평가의 잣대가 불공정함에도 저들은 끝까지 안하무인이었다. 결국 중앙인사위원회는 일부 소명을 받아들여 재임용 문제는 일 년간 유예한다고 결정, 그렇지만 저들은 '마광수를 작가로서가 아니라 연구자로 임용한 것'이라며 극구 불허, 또다시 부적격을 상신했다. 오직 퇴출에만 혈안이 되어 있는 저들 눈에는 뵈는 게 없었는지 갈수록 가관이었다. 드디어 학과장인 김철인 교수는 각서 운운까지 했다. '자신의 임기 중에 재임용 심사를 다시 받겠다'는 각서였다. 각서라니! 진리의 전당이라는 상아탑에서 각서라니!

일찍이 모르는 바는 아니었다. 대학 역시 조직사회인 이상 여느 조직사회에서나 있음직한 내분들이 비일비재하다는 것도…… 사회에 만연해 있는 이기주의가 어찌 교수사회라고 없겠는가. 진리의 전당이라고 해서 결코 진리만 있는 것은 아니었다. 아니, 진리는 온데간데없고 중·고등학교에서나 있음직한 비열한 이지메와 보복이 있었고 파벌이 있었다. 긴 세월 대학에 몸담아오면서 가장 힘들었던 부분도 직장 내부에서의 인간관계에서 비롯한 갈등이었다. 연구나 창작에의 고통보다 학생들을 가르치는 고통보다 동료나 윗사람들과의 심적 갈등에서 오는 고통이 더 컸다. 몇 명이 모이다 보면 금세 파벌이 생기고 동료들끼리도 눈에 보이지 않는 알력·암투, 더 극단적인 경우에는 중상모략으로까지 번지는 통에 광수로서는 이러한 것들이 늘 당혹스럽기만 했다. 이번의 재임용 심사 과정만 해도 그러했다. 표면상으로는 정당한 절차를 밟으며 진행되는 것처럼 보였으나 내부에서는 그게 아니었다. 학과 내에서도 부적격 판정이 단지 학문적 이유만으로 결정된 것이 아니라는 의혹들이 분분했고, 예삿일로 넘길 수 없는 각종 루머들이 나돌았다. 아무리 저들이 그럴듯한 이유를 갖다 댄들 근본 이유는 따로 있다는 것은 알만한 사람은 다 아는 사실이었다. 바로 그것은 89년, 「나는 야한 여자가 좋다」가 그 단초였다. 이때부터 불협화음은 시작되었고, 교수회의에서는 '교수 품위' 운운하며 한 학기 강의 배제 처분을 내렸었다. 심지어 옥고까지 치렀음에도 작품세계는 변함이 없다 보니 감정의 골은 깊어만 갔다. 거기에다 신성한 상아탑과 고상한 저들의 이미지만 구겨놓으니 곱게 보일 리 만무했다. 이보다 더한 결정적인 이유는 따로 있었다. 바로 집단 이지메였다. 좀 더 정확히 말하자면, 집단 질투와 열등감의 소산이었다. 저들이 감히 넘볼 수 없는 학문적으로 오는 열등감과 무엇보다도 학생들의 압도적인 지지와 끈끈한 유대가 저들은 부럽기도 했고 아니꼽기도 했던 것이었다. 이를테면 열등감과 질투에 의한 보복성과 여태 쌓여온 사적 앙금이 더해지면서 교권 폭력으로까지 비화된 것이었다. 저들이 아무리 그럴듯한 이유를 둘러대도 이는 부인할 수 없는 엄연한 사실이었다. 이럴진대 학생들이라고 수수방관만 하겠는가. 비단 일개 교수만의 문제를 떠나 자신들에게도 배움의 기회를 박탈당하고 당연한 수업권을 무시하는 처사에 분노했다. 타 교수로부터의 불이익을 감수하면서까지 거센 항의를 했고, 특히 국문학과 대학원생들은 '부적격 판정에는 학문적 이유는 표면상의 이유일 뿐, 다른 배경이 있다'며 격렬히 항의했다.

아무리 학생들이 격렬히 항의해 본들 주도면밀하게 압박해 오고 조직적으로 공격해 오는 데서야……!!

어느 책에 썼던가. '한국 지식사회에서는 요절 아니면 변절한다'고. 설마 책에 썼던 글귀가 현실로 덮쳐와 손발을 묶어 놓을 줄이야!

그렇다. 김철인 교수를 두고 하는 말이다. 다른 사람들은 다 제쳐두고라도 설마 김철인 교수만은 변절할 줄 몰랐다! 젊은 시절부터 고락을 함께하며 동문수학하던 사이가 아니었던가. 군 입대 때는 훈련소까지 동행했고 결혼식 때에는 사회를 도맡아 해줄 만큼 의리로 맺어진 친우가 아니었던가. 대학교수라는 직함을 달게 된 것도 누구의 도움이 있었기에 가능했던가. 일 년 후배이긴 하

출처 : 김ㅇㅇ님의 블로그에서

나 우정이라 믿어 의심치 않았고 마음 나눌 수 있는 유일한 동지라 믿어 의심치 않았다. 등잔 밑이 어두운 줄도 모르고 두터운 우정이라고 믿었던 자신이 우습고 초라했다. 한때나마 우정이라는 이름으로 얽혀 있었던 세월조차 저주스러웠다. 어디 김교수 뿐이랴. 퇴출에 주도적인 역할을 했던 저들도 승승장구할 때에는 침이 마르도록 교수님·선배님 아부하고 아첨하며 달라붙던 저들이 아니었던가. 머리 검은 짐승은 거두는 법이 아니라더니, 고작 이런 꼴이나 당하려고!

하긴, 어찌 저들만 탓하랴, 인간의 탈을 썼다고 다 똑같은 인간인 줄 알고 옥석을 가릴 줄 몰랐던 무능이 죄라면 죄였다. 권력은커녕 파벌은커녕 그 흔한 인맥 하나 없다는 것이 죄라면 죄였다.

광수는 저들의 바람대로 그깟 교수고 뭐고 당장 때려치우고 싶었지만, 당장 생계가 걸린 문제라 그럴 수도 없었다. 단장斷腸의 심정으로 문학 작품도 연구실적으로 인정해 줄 것을 학교 측에 정식으로 요청, 그러자 여태 쌓아온 실적과 학생들의 도움으로 재임용 심사는 일단 일 년 유보로 결정이 났다. 하지만 이미 심신은 만신창이가 되어 있었고 무방비 상태로 닥친 치욕과 수모는 재기의 힘마저 빼앗아 갔다.

광수는 휴직원을 냈다. 자진 휴학 신청이었지만 강제휴직이나 다름없었다. 광수는 쫓겨나듯 학교를 뒤로했다.

연세대가 어떤 곳이었던가. 90년대 초, 이혼한 이래 처자식이 없던 광수로서는 학교가 삶의 터이자 가정이나 다름없었다. 학생들은 자식이나 다름없었다. 더구나 연세대 국문학과는 69년 입학한 이래 홍익대에서의 5년간의 재직 생활을 제외하고는 20여 년을 몸담아 왔던 모교가 아니었던가. 교직자로서 청춘을 바치고 열정을 바친 곳이었다. 광수로서는 단지 직장만을 잃은 것이 아니었다. 직장과 가정 자식 같은 학생들을 한꺼번에 잃고 만 것이었다.

교정을 나서는 다리가 후들거려 왔다. 한 걸음 한 걸음 뗄 때마다 저들의 경멸에 찬 눈빛, 퍼붓던 욕설들이 비수가 되어 가슴팍으로 와 꽂혔다. 도무지 다리가 후들거리고 심장이 요동쳐 와 광수는 걷다 말고 나무에 비스듬히 기댄 채 하늘만 올려다보았다. 가슴이 텅 비어 버렸는지 머리가 텅 비어 버렸는지 아무 생각도 나지 않았다. 아무 생각도 할 수가 없었다. 하늘가만 올려다보며 미친 듯이 웃어 젖혔다. 미치지 않으려 미친 듯이 허공으로 웃음만 날렸다.

하늘가만 올려다보며 헛웃음만 날리던 광수의 얼굴은 어느새 눈물범벅으로 얼룩져 있었다. 눈물범벅인 얼굴로 입술을 깨물며 광수는 고통스럽게 내뱉었다.

'기어이, 기어이 저들이……!! 오냐, 밟아라. 실컷 밟아라. 이 치욕, 이 수모 잊지 않으마. 끝까지 기억해 두마!'

광수는 무너지고 말았다.

누가 옳은지 그른지 무엇이 옳은지 그른지 만사가 우습고 가소롭기만 했다.

천신만고 끝에 복직했건만 이게 뭔가, 이 꼴이 뭔가, 꼼짝없이 미쳐버리고 싶었다. 머나먼 외국으로라도 종적을 감추어 버리고 싶었다. 감옥살이보다 더한 통증에 나날이 약봉지만 늘어갔고 애꿎은 술·담배만 피우고 마셔대는 통에 위도 간도 악화일로였다. 피해의식인지 인간으로 인한 트라우마에서인지 대인기피증까지 겹치며 사람이 무서웠고 세상이 무서웠다. 평범한 하루하루가 공포로 덮쳐왔다. 한 줌의 신경안정제와 수면제로 버티고 버티던 광수는 더 이상 어찌해볼 도리가 없어 제 발로 정신병원을 찾았다. 분을 삭이지 못해 생긴 울화통을 병원에서는 우울증으로 진단했다. 자신의 처지를 비관해서 생긴 단순한 우울증이 아니라 삶에 대한 공포, 인간에 대한 공포, 세상에 대한 공포들이 내면화되면서 생긴 정신질환이었다. 의사는 정상적인 생활이 어렵다며 당장 입원을 권유했지만 그래도 버텼다.

비정한 나날 속에서도 시간은 쉼 없이 흘러갔다. 쉬임없이 흘러만 갈 뿐, 약은 되지 못했다. 유일하게 믿었던 사람들의 배신의 상흔은 그 어떠한 것으로도 상쇄할 수 없었다.

필화사건으로부터 10년이 흘렀다며 기자들로부터 인터뷰 요청을 해오고 이따금 대광 시절의 학우들과 제자들이 찾아 오지만, 얼굴 맞대고 앉아 있을 자신이 없었고 기력이 없어 거절했다. 거실의 TV를 안 켠 지도 오래였다. 세상 돌아가는 일에도 관심이 없었고 사람들에게도 관심이 없었다. 광수는 스스로 유폐시키고 말았다. 세상으로부터 빗장을 걸어 잠그고 말았다.

잠들기 전까지 멀쩡하던 하늘이 급변하며 느닷없이 폭풍우가 휘몰아쳤다. 이리 뒤척 저리 뒤척이다 새벽녘에야 간신히 눈을 붙였지만 세찬 비바람에 그만 잠이 깨고 말았다. 다시 잠을 청해 보려 뒤척여 보지만 쉬이 잠들 수가 없어 스탠드의 불을 밝히며 책상 앞으로 가 앉았다. 한동안 눈을 감은 채 미동도 않던 광수는 켜켜이 쌓여만 가는 울분들 분노들을 빗물에라도 흘려보내려는 양 고통스럽게 한 편의 시를 토해냈다.

비 가운데 내리고 싶다
내 가슴 속 엉킨 핏덩이
좔좔좔 좔좔좔 씻어 내리고 싶다

무엇이 두려우냐 무엇이 서러우냐
뒤섞여 흘러가는 저 물 속에
네 고독이 오히려 자유롭지 않느냐

아아, 못생긴 이 희망 못생긴 이 절망
밤새워 뒤척이는 숨가쁜 꿈. 꿈들
빗줄기 속으로 씻겨져 내렸으면!

긴긴 밤 보채대는 끈끈한 이 사랑
제 미처 죽지 못해 미적이는 이 목숨
우우우 우우우 부서져 흘렀으면!

비 가운데 내리고 싶다
내 껍질 모두 다 훨훨훨 빨가 벗겨
빗줄기에 알몸으로 녹아들고 싶다

아무리 시어 하나하나에 쌓인 울분들 분노들을 담아 저 세찬 빗줄기 속으로 씻어내려 했지만 어림도 없었다. '껍질 모두 다 훨훨훨 빨가 벗겨 빗줄기에 알몸으로 녹아들고 싶었지만' 저 휘몰아치는 폭풍우로는 어림도 없었다.

아, 어디로 가면 어디쯤 가면 자유로이 숨 쉴 수 있을까. 아, 얼마나 더 고통스러워야 얼마나 더 추락해야 끝이란 말인가. 이 목숨이 다해야 지옥도 끝날 판인가!

광수는 죽음의 유혹에 거세게 흔들리기 시작했다. 이미 제 발로 정신병원을 찾을 때부터 죽음의 각오는 되어 있었다. 그렇다면, 그렇다면 어떤 식으로 어떤 방법으로 죽어야 저들에게 경종이나마 울릴 수 있단 말인가. 베란다에서의 투신? 치사량의 수면제? 그도 아니면, 목이라도 매달까? 광수는 폭풍우 속에서 이승에 한 발, 저승에 한 발 걸친 채 아득히 먼 곳만을 열망하고 있었다. 한

번 가면 되돌아올 수 없는 아득한 그곳만을⋯⋯

그럴수록 더욱 또렷이 떠오르는 얼굴들, 근심 가득한 노모의 얼굴, 어린 제자들의 초롱초롱한 눈망울들, 보상 없이 품어주는 대광 시절의 벗들⋯⋯

어쩐단 말인가. 어찌해야 한단 말인가. 그래도 그렇지, 어찌 제자들을 저버릴 수 있단 말인가. 이런 나를 스승이랍시고 이유 불문하고 믿고 따르는 제자들이 아닌가. 어떻게 무슨 염치로 저버릴 수 있단 말인가. 이럴 순 없다. 이대로 무너질 순 없다. 다시 한번 살아보자. 이 죽고자 하는 각오로 다시 한번 사는 거다!

다음날, 눈 뜨자마자 광수는 죽지 않기 위해 살기 위해 짐을 꾸리기 시작했다. 배낭에 대충 짐을 쑤셔 넣고 미친 듯이 미장동 시외버스 터미널로 향했다. 행선지는 짐을 꾸리며 충동적으로 정했다. 바로 설악산의 백담산장이었다. 대학 시절부터 매해 방학 때마다 친구들과 즐겨 찾던 곳이기도 했고, 대학원 시절에는 글 쓰느라 몇 달 기거한 적도 있었다. 이런 연유로 안면 있는 스님도 몇 분 계셨다.

버스에서 내려 설악산 기슭으로 들어서자 날카로운 겨울바람이 가슴팍을 할퀴었다. 앙상한 나무 사이로 간간이 산새 소리만 들려올 뿐, 겨울 산사는 적막했다.

죽으란 법은 없는지, 때마침 스님의 배려로 조그마한 암자에 방 하나 얻어 쓰게 되었다. 배낭의 짐을 정리하노라니 여지없이 젊은 날의 기억들이 휙휙 어제 일처럼 스쳤다. 매해 꼭 이맘때쯤이면, 장

작불을 태우며 듣던 겨울바람 소리도 여름철마다 이 계속 저 계곡 쏘다니며 터뜨리던 벗들의 웃음소리도 아스라이 귓전을 맴도는 듯했다. 지금은 행락 인파로 옛적의 한적함은 사라지고 목조건물들은 콘크리트로 볼품없이 변모해 버렸지만, 그때의 추억들만은 고스란히 가슴속에 남아 있었다.

스님의 사심 없는 배려로 식사마저 절에서 해결할 수 있어 별 불편함은 없었다. 그러나 연신 불어대는 칼칼한 산중 바람은 황량한 마음을 더욱 황량하게 부추겼다. 더욱이 밤마다 어지러이 윙윙거리는 겨울바람 소리는 저승사자의 발자국처럼 귀신들의 울음소리처럼 기괴스러웠다.

그날 밤도 황량한 바람 소리에 눈을 뜬 광수는 '꺼이꺼이 울며 갈 곳 없는 외로운 혼'을 시로 달랬다.

귀신들 소리마저 아예 슬프니
벌써 겨울인가
해가 저물면 귀신들이 온다
내 사랑스런 귀신들의 모습은
말 나무 혹은 바위

모두들 외로운 몸짓으로 어우러져
피 뿌려 한스러이 춤을 춘다

북치라 징을 치라

긴 밤 밝히는 저 달의 요염한 웃음
산사의 풍경소리는 그 또한 제격, 흥취!
아, 누군가? 하늘만한 사랑으로 이 내 몸 감싸줄 그이?

겨울 깊어 모든 것은 죽어져 내려
하늘도 땅도 죽어져 내려

나는 공연히 느껴워 씁쓸한 시를 읊고
제 풀에 취하여 쓰러져 누워
원귀된 꿈을 꾸고 꺼이꺼이 울었나니
이 밤, 또 어디로 가려는가, 외로운 혼이여!

'외로운 혼 붙들고 꺼이꺼이 울어도 보고 공연히 느껴워 씁쓸한 시도 읊어보며' 하루하루 견디는 사이 심신도 서서히 안정을 되찾았다. 아니다. 애써 모든 것을 잊은 척 무심한 척 오로지 읽고 쓰는 일에만 전념하며 간신히 간신히 심신을 추스리고 있었다. 이따금 도무지 마음의 갈피를 잡을 수 없을 때에는 즉흥적으로 그림을 그리기도 하고 스님의 법문을 경청하기도 하며 산중생활을 보내는 사이 어느덧 두 달, 마음 같아선 세상사 다 잊고 마냥 머물고 싶었지만, 하산하기로 작심한 광수는 스님들과 저녁 공양을 마치고 처소로 돌아와 떠날 채비를 했다.

  산사에서의 마지막 밤, 비극의 운명이라도 감지했던 걸까. 광수는 여느 때보다 정갈하고도 비장한 마음으로 통렬히 시 한 편을 써 내려갔다.

  내가 쓸 자서전에는
  누구의 자서전처럼 고생 끝의
  성공자랑으로 가득차 있지도 않고

  누구의 자서전처럼 똥도 안 누고
  섹스도 안 할 것 같은 사람이
  있지도 않을 것이다

  내 자서전에서 독자들은
  너무나 고상한 지식인 사회에
  섞여 살며 힘들어 했던
  자신의 나약한 모습을 슬퍼하는 사람과

  으리으리한 교회 앞에서
  구걸 하는 걸인을 보고
  가슴 먹먹해 하는 사람과

사람은 누구나 관능적으로
행복해질 권리가 있다고 믿는 사람을
만나게 될 것이다

또한 그것으로 너무나 불이익을 당했기에
과거의 집필 생활을 후회하는 사람도
독자들은 만나게 될 것이다

내가 쓸 자서전에는
나의 글쓰기는 이랬어야 했다고
후회하는 장면이 담겨있을 것이다

우선 손톱 긴 여자가 좋다고
말해서는 안되는 거였다고
그리고 야한 여자들은
못배운 여자들이거나 방탕 끝의 자살로
생을 마감하는 여자여야 했다고

그리고 무엇보다도
사라는 즐겁지 않았어야 했다고
권선징악으로 끝을 맺는
소설 속 여자이어야 했다고

나의 고된 삶 속에서
그나마 한줌 상상적 휴식이 돼주었던
그녀와 나의 잠자리가
타락이었다고 그래서 반성한다고

지나온 삶을 반추하며 통렬히 시 한 편을 남긴 채 광수는 차마 떨어지지 않는 발걸음으로 하산했다.

지옥 같은 나날 속에서도 계절은 차근차근 단계를 밟으며 흘러만 갔다. 천신만고 끝에 2003년 가을학기부터 전공과목인 '문예사조사'의 강의를 맡으며 광수는 강단으로 복귀했다. 재임용 소동으로부터 3년 반 만이었다. 세상에 공평한 것은 백발뿐이라던가. 필화사건으로 인한 병마와 사회의 냉대 속에 시달리는 사이 광수도 어느새 지천명의 나이를 바라보고 있었다. 학자로서 남자로서 가장 빛나야 할 40대를 광수는 그렇게 암흑 속에서 보냈다. 그렇게 암흑 속에서 보내는 사이 필화사건으로부터 어느새 10년이 넘었다. 지금 세상은 어떠한가. 보수·진보·사법부 할 것 없이 온 나라가 성 문란·성 타락을 조장한다며 혈안이 되어 단죄했건만, 지금은 어떠한가. 이 땅에도 미국이나 일본 못지않게 성인용품점들이 즐비하게 늘어서 있고 포르노가 인터넷에서 활개 치고 혼전 성관계는 말할 것도 없고 동성애도 일상으로 파고들었다. 그때에는 변태니 외설이니 매도했던 것들이 이제는 특별할 것도 야 할 것도 없다. 어느새 구닥다리가 되고 말았다. 때가 되면 모든 것은 시대에 따라 변화해 가거늘 그때에는 왜들 그렇게……

광수는 일거에 밀려오는 생각들을 억지로 접었다. 겨우 추스른 심신이 다시 헤집어질까, 두려웠다. 억지로 생각을 접으며 광수는 창가로 다가가 캠퍼스 정경을 바라보았다. 혹독한 겨울의 전조인 양 교정의 나뭇잎들은 빛바래 있었고 마른잎들도 가을바람에 쓸 쓸히 나뒹굴고 있었다. 저만치서 스산한 가을 따윈 아랑곳 없이 캠퍼스 커플로 보이는 한 쌍이 서로의 허리춤에 팔을 두른 채 환한 표정으로 걸어가고 있었다. 구김살 없는 저 표정, 저 생기가 오늘따라 광수는 더없이 부럽기만 했다.

인문대학 앞의 벤치 위에는 예닐곱 명의 여학생들이 무엇이 그리 재미있는지 까르르 웃음보를 터뜨리며 수다 떠느라 여념이 없었다. 정말이지 젊음이란 모든 것을 아름답게만 보이게 하는 마술이라도 부리는 걸까. 몇천 원짜리 싸구려 티셔츠를 걸친 듯해도 전혀 궁색해 보이지가 않았다. 궁색하기는 커녕 외려 생기발랄함만 더해주었다. 어지러이 낙엽만 나뒹구는 만추의 교정도 저들의 넘쳐나는 생기 앞에는 무색하기만 했다.

가만히 저들을 지켜보고 있노라니 광수는 젊음의 한때가 떠올랐다. 꼭 저들만큼 했을 때, 낭만 대신 로망 대신 최루탄 연기로 자욱했던 대학가의 살풍경이 어제 일처럼 아프게 뇌리를 스쳤다. 모든 것이 회색투성이의 불투명하고 암울했던 그때, 얼마나 많은 젊은 목숨들이 최루탄 연기처럼 속절없이 사라졌던가. 저들이 무심코 걸어가는 저 발밑으로도 민주화를 외치다 쓰러져간 젊은이들의 함성이 스며 있을 터이고 유신체제에 항거하다 쓰러져간 어느 젊은이의 절규도 스며 있을 터이다. 그로부터 어느덧 30년이란 성상이 흘렀다. 광수는 구김살이라곤 없는 학생들을 바라보며 가만히 중얼거렸다. "이제는 투사도 열사도 필요 없는 세상에서 자유롭게 무모하게 맘껏 꿈 꾸고 맘껏 도전하며 맘껏 살거라." 학생들을 바라보며 조용히 중얼거리다 책상 앞으로 다가와 마저 원고지 칸을 메우기 시작했다. 긴 고통 끝에 복직한 만큼 재임용 소동으로 쌓였던 울분들을 일거에 분출이라도 할 사람처럼 빠르게 원고지칸을 메워 나갔다. 박사 논문인 「윤동주 연구」의 개정판에 이어 문학이론서 「문학과 성」 에세이집 「자유가 너희를 진리케 하리라」 소설 「광마 잡담」 등을 연달아 펴내며 건재함을 과시했다. 「광마 잡담」은 장편소설로써 「즐거운 사라」 이후 13년 만의 야한 소설이었지만, 야한 소설이라는 광고문구에도 야하지가 않았다. '일탈과 모반의 기운'을 동반해야 비로소 '야함'을 창조해 낼 수 있건만 필화사건 이후부터 지속되어 오는 검열의 공포로 표현 수위에만 고심하다 보니 시원스럽게 성 묘사를 할 수가 없었다. 소설 제목을 '잡담'이라고 붙인 이유도 소설을 읽는 목적은 교양 습득이라기보다는 즐거움과 재미에 있다는 문학 신조에서였다. 연이어 출간한 시집 「야하디 얄라숑」은 고교 시절의 습작시들을 포함한 375편의 시가 실렸고, 이때부터 동성애·양성애를 넘어 성 소수자들에게도 더욱 관심을 갖기 시작했다.

　광수는 말했다. "서양에서는 이미 동성애·양성애는 물론 동성결혼의 합법화를 넘어 트랜스젠더인 여장남성·남장여성 등의 다양한 성 형태들이 늘어만 가는 추세이다. 음양의 이치로 보자면, 도저히 이해하기 어려운 문제이긴 하나 현실이 현실인 만큼 반드시 죄악으로만 치부해 버릴 수도 없는 문제이다. 개개인의 다양한 개성만큼이나 성 취향도 다양하게 표출되는 것은 당연하기 때문이다. 남에게 피해를 주거나 범법행위도 아니지 않은가. 막말로 어떤 성은 용납이 되고 어떤 성은 용납이 안 되는가. 개인의 고유 영역이자 다양한 성 취향 가운데 하나일 뿐, 그 이상도 그 이하도 아니다. 딱 잘라 말하자면, 남자는 꼭 남자로만 여자는 꼭 여자로만 살아야 하는가, 이 질문 안에 성 문제에 대한 답도 들어 있을 것이다"

　검열의 공포에 시달리고는 있었지만 자신만의 스타일을 고수하며 작품세계는 여전했다.

　집필만이 아니었다. 2005년 6월에는 인사동 인사갤러리에서 〈마광수 미술전〉을 열었다. 계절이 계절인 만큼 주로 유화물감과 아크릴물감을 혼합 사용하여 밝은 색상으로 꾸몄다. 화려한 원색의 색채를 구사했던 천경자 화가를 선호하는 만큼 강렬한 색채와 즉흥적인 드로잉으로 자신만의 독특한 미술세계를 드러냈다. 연이어 일산 롯데아트 갤러리에서 이목일 화백과 2인전을 갖는 등 강의에 집필에 전시회에 바쁜 나날을 보내고 있던 와중에, 자신에게도 충격적이었고 납득할 수 없는 일이 터졌다. 일 년 전에 펴낸 시집「야하디 얄라숑」에 수록한 시 한 편이 제자의 시를 표절한 것으로 드러나 도용문제가 불거지고 말았다. 1983년 홍대 재직 당시, 교지편집위원회를 맡은 바 있었고 그때 교지에 실린 제자의 시 '말들에 대하여'가 착상이 신선하여 묻히는 것이 아깝다는 생각에「야하디 얄라숑」에 실었다. 이전 당사자와 만나 대화 도중에 털어놓자 이렇다 할 언질이 없었기에 동의한 줄로만 알았고, 우울증이다 뭐다 병원 신세를 지고 있던 터라 스스로도 납득할 수 없는 처신을 하고 말았다. 즉각 도용 사실을 시인, 일간지에 사죄의 글을 싣고 공식 사과했다. 사죄의 뜻으로 시중 판매되고 있던 시집 전량을 회수, 폐기 처분했다. 동시에 징계위원회에 회부되어 2개월 정직과 해당 학기 강의 정지의 징계를 받았다. 거듭 광수는 개인의 잘못으로 학교 전체의 명예를 실추시킨 점 사과한다며 고개를 숙였고, 학생들에게도 사과의 글을 게재하자 다행히 크게 문제 삼지 않고 이해해 주었다. 이로써 도용문제는 일단락되었다. 그런데, 2개월의 정직처분이 끝나고 강단으로 복귀했지만 어찌 된 영문인지 2008년도 1학기 강의 계획서에는 마광수라는 이름은 없었다. 정직처분이 끝나고 강의 재개 때만 해도 달랑 교양과목 하나 배정받았던 터라 무언의 벌을 받는 것 같아 내심 착잡했거늘 그럼에도 수강생들이 몰려드는 통에 불가피 선착순 400명으로 인원 제한을 했었고, 반도 두 반으로 나눠 강의할 정도로 인기가 있었기에 스스로 위안 아닌 위안을 하며 버티던 차였다. 더구나 교수라면 주

6시간 강의하는 것이 의무이자 권리이거늘 학부 전공과목은 고사하고 교양과목조차 배정받지 못했다. 학교 측에서도 어떠한 사전 통보도 없었다. 광수는 나중에야 알았다. 현대문학 전공 교수회의에서 강의 폐쇄를 결정했고 이 회의에 참석했던 한 교수로부터 통보해 옴으로써 그때서야 알게 되었다. 그것도 국문학과 전체 교수회의도 아닌, 단지 현대문학 전공 교수회의에서 결정한 것 자체가 납득할 수 없는 일이었다. 납득할 수 있든 없든 그런 것은 아무래도 상관없었다. 그보다도 어엿한 정교수 신분임에도 최소한의 변론의 기회는커녕 회의 자체가 금시초문이었다. 강의 폐쇄 사유는 더 황당무계했다. 바로 그 도용문제였다. 어불성설도 이런 어불성설이! 이미 일단락 지워진 문제가 아니었던가. 그때 어떻게 처신했던가. 이중·삼중으로 대가를 치르지 않았던가. 이제 와서 강의 폐쇄 사유라니! 기가 막힐 노릇이었다. 게다가 일사부재리의 원칙에도 어긋나는 부당한 처사가 아닌가. 이에 광수는 문과대학장에는 구두로 교무처장에게는 서면으로 탄원을 했고, 학교 측에도 적절한 조치가 없을 시에는 법적 조치도 불사하겠다며 항의했다. 개인적인 지탄이나 불이익은 그렇다 치더라도 공들여 일궈온 업적이 폄하되고, 학생들과 소통할 기회를 박탈당하는 데에는 참을 수가 없었다. 학생들도 동참했다. "20년 넘게 교단에 몸담은 정교수가 특별한 결격사유가 없음에도 강의 폐쇄는 교수의 강의권만이 아니라 학생들의 당연한 수업권까지 침해하는 집단폭력"이라고 규정하며, 학교 측에 강의 폐쇄 철회를 요청하는 탄원서까지 제출하는 사태로까지 번졌다. 이처럼 불 보듯 뻔한 불공정한 처사임에도 저토록 혈안이 되어 감행하는 이면에는, 2000년 재임용 탈락 소동 때부터 지속적으로 이어져 온 집단 이지메의 연장선에 있었다. 더 거슬러 올라가 「나는 야한 여자가 좋다」 때부터 이어져 온 집단린치였다. 적어도 2000년 때에는 '논문 실적 미비'라는 그럴듯한 명분이라도 제시했지만, 이번 사태는 명분조차 없는 일방적인 밀어붙이기였다. 시기 또한 참으로 시의적절했다. 공교롭게도 대통령 선거·총장 선출 등 굵직한 이슈들이 맞물려 학내가 어수선한 틈을 타 감행했다는 사실, 뻔히 속 보이는 일이 아닌가. 이쯤 되자 광수는 한편의 진부한 교권암투극이라도 보는 것 같아 추하기 그지없었다. 지성의 요람이라는 곳이 이처럼 너덜너덜 구질구질했다. 단지 학교만 너덜너덜한 것이 아니었다. 홈페이지에 무심코 「즐거운 사라」의 글을 올리자 정보통신윤리법인가 뭔가에 걸려 불구속 기소, 벌금 2백만 원의 벌금형을 받았다. 음란물을 올렸다는 이유였다. 졸지에 전과 2범이 되고 말았다. 필화사건으로부터 15년, 15년이란 세월도 무색하게 대한민국은 아직도 이 수준이었다. 표면상으로는 분명 야해진 것 같긴한데 여전히 표현의 자유는 차단되어 있었고, 문화의 자유는 한 발짝도 진전된 것이 없었다. 필화사건 당시 법정에서 '10년쯤 지나다 보면 어처구니없는 헤프닝으로 기억될 것'이라고 단언한 바대로 웃기는 헤프닝이랄 수 밖에……! 언제쯤이면 이 헤프닝이 끝나려나…… 언제쯤이면 이 문화 촌티에서 벗어나려나…….

이어지는 불상사로 의기소침해 있던 광수는 조금이나마 기분을 고양시킬 양 의식적으로 홍대 재직시절의 추억들을 떠올리며 창밖만 바라보며 서 있었다. 그때 똑똑똑 노크소리가 들려왔다.

― 예, 들어오세요.

연구실 문이 끼익 열리며 동그스름한 얼굴에 긴 생머리의 여학생이 들어왔다.

― 교수님, 안녕하세요. 저는 사회학과 3학년의 차미연이라고 합니다만…… 혹시 기억하세요?

― 으음, 글쎄…….

― 제가 2학년 1학기 때에 교수님의 '연극의 이해'라는 강의를 들었었거든요. 그때 강의 때마다 맨 앞줄에 앉았었는데요…….

― 아, 그때 그…… 그러고 보니 어렴풋이 생각이…….

― 학기말시험 때, 야설쓰기 리포트에서도 A학점을 받았구요. 아주 에로틱하게 썼거든요…….

― 하하하, 그래요……

오랜만인 것 같은데 무슨 일로……?

― 실은 교수님, 교수님의 저서 「나는 야한 여자가 좋다」가 서재에 꽂혀 있기에 며칠 전에 단숨에 독파했거든요.

근데, 책 제목이 야해서 얼마나 야한지 잔뜩 기대했었는데, 전혀 야하지가 않더라구요. 책 제목과는 달리 인문철학서랄까, 문화비평집이랄까……

아무튼 근래에 읽은 책 중에 가장 인상 깊게 읽었어요. 다양한 시각으로 사물을 볼 수 있는 안목도 생긴 것 같구요…….
— 그것참, 듣던 중 반가운 소리구먼. 책 내용도 제대로 잘 파악한 것 같고…… 그런데도 그때에는 왜들 그렇게 들고 일어났는지. 제목도 별 뜻 없이 우연찮게 붙인 것뿐인데, 참 말도 많고 탈도 많았었지…… 그 시점에서부터 서서히 내 인생이 꼬이기 시작했고 늪으로 빠져들기 시작했으니……
그나저나 지금도 이해가 안 가는 것은, 대다수 페미니스트로부터도 공격을 받았다는 거야. 여성을 비하하고 상품화했다는 이유에서 말이야.
단언컨대, 난 단 한 번도 여성을 비하하거나 상품화한 적이 없어. 오히려 지독한 여성 동경주의자이거늘……
철들 무렵부터 「금병매」 「요재지이」 같은 작품을 즐겨 읽었고, 그 영향에서인지 탐미적이랄까, 어쨌든 그런 성향이 강했지. 그래서인지 진정으로 여자가 부러웠고, 여성을 향한 동경이 심층에 내재해 있기에 내 작품 속에도 자주 여성이 등장하는 거고……
「나는 야한 여자가 좋다」에서도 그래. 남 눈치 볼 것 없이 당당하게 야해지라는 메시지를 여성의 편에 서서 주장했거늘…… 반대로 여성비하니 어쩌니 매도만 당했으니…… 이제 와서 가타부타 해봐야…….
— 실은 저도 대충 내막은 들어 알고 있어요. 그런데 막상 책을 접해보니 이해가 안 가더라구요. 교수님 말씀대로 무엇이 그리 매

도할 만큼 야했는지……

그리고 책을 출간했던 1989년이면 제가 태어나던 해이거든요. 그러니까 꼭 20년 전에 출간한 책인데도 지금 읽어도 전혀 생소하지가 않던데요…….

— 그러게……

「즐거운 사라」도 그렇지만 그때에는 변태니 뭐니 싸잡아 매도하던 내용들이 이제는 보편화되고 일상화된 지 오래지. 내 인생만 요 모양 요 꼴이 된 거지…….

대화할수록 자꾸만 저조해가는 분위기를 의식했는지 미연이는 짐짓 밝은 목소리로 붙임성 좋게 물어왔다.

— 교수님이 생각하는 야한 여자란 어떤 여자예요? 일독은 했습니다만, 그래도 교수님께 직접 듣고 싶은데요…….

— 보통 야하다 하면 천박하다는 뉘앙스도 풍기지만, 나는 아냐. 한자 '야野'로 생각하며 거리낌 없이 사용하곤 하지. 어렵게 생각할 것 없어요. 어린아이를 떠올리고 아프리카 원주민을 떠올려 봐요…… 그들이 어때요? 허위나 가식 없이 본능에 솔직하고 자연의 본성을 거스르지 않잖아…… 그래요, 야한 여자라 하면 한마디로 겉과 속이 개방적이고 화통한 여자쯤으로 이해하면 되겠네. 비단 여자에게만 국한 시킬 필요 없어요. 남녀 불문하고 적용되는 말이지…….

— 제가 보기에는 교수님이 딱 그런 사람 같은데요…….

— 그렇지, 딱 나 같은 사람이지…….

― 하하 호호…….

연구실 가득 웃음이 번졌다. 옛 어른들 말이 옳았다. 살다 보면 좋은 날도 온다더니, 정말 살다 보니 이런 날도 오는구나, 싶었다. 이런저런 불상사로 우울했던 기분도 미연의 방문으로 한결 개운해 왔다.

긴 생머리를 뒤로 쓸어내리며 소리 내어 웃던 미연이는 갑자기 생각이라도 났는지 불쑥 물어왔다.

― 교수님, 알고 싶은데요……

성 이랄까, 성문학에 관심을 두게 된 동기·계기 같은 것이 뭔지…….

― 그러게…… 뭘까? 뭐가 있어서 그런 고초를 겪으면서까지…….

광수는 얘기하다 말고 담배 한 모금을 깊숙이 빨아들였다. 니코틴의 쾌감이 폐부 깊숙이 번졌다. 니코틴의 쾌감을 음미하며 잠시 생각을 정리한 광수는 다시 입을 열었다.

― 인생 살아보니 별거 없더라고. 남는 건 딱 두 가지, 식욕과 성욕, 그러니까 성의 쾌감과 먹는 쾌감……

만물의 영장입네 어쩌네 해봐야 인간도 동물인 이상 이는 누구도 부인할 수가 없지. 인간의 실존 그 자체라는 거지. 그래서 천착하게 된 거고……

그리고 말이야. 아까도 얘기했다만, 어려서부터 유별나게 관능적인 센스가 남달랐지. 유별나게 그런 책들도 좋아했고…… 그래서 이론과 취향이 맞아떨어졌다고나 할까, 이게 이유라면 이유지.
 더구나 서른이 넘으면서 사상의학·한방의학·음양 사상 등을 공부한 이후로는 관념 우월주의에서 벗어나 육체주의로 변신하는 계기가 되었고……
 더 결정적인 계기는, 노장사상의 양주楊朱를 공부한 뒤부터였지. 이러한 사상들을 접하면서 이 고해와 같은 인생살이에 거창한 정신이니 영혼이니 이런 것들은 그리 큰 소용이 없음을 깨달았고 이에 현세의 쾌락을 추구하는 유미적 쾌락주의를 선호하게 된 거고……
 또 하나, 프랑스 작가 조세프 케셀의「세브리느」라는 소설도 한몫했지. 정신적인 사랑과 동물적인 본능 사이의 갈등을 첨예하게 그린 소설인데, 이 소설 한 권이 성문학에 천착하게 만들었던 셈이었지…….
 ─ 그렇군요. 복합적인 요소들이 더해지면서 성에 관심을 갖게 되었군요.
 그리고 교수님은 어려서부터 야한 성향이 강했다면서요? 그래서 교수님 손가락이 유난히 가늘고 섹시한가 봐요. 역시 교수님은 타고난 것 같아요. 덕분에 저희도 다양한 시각으로 성에 대해 생각할 기회를 얻게 됐구요…….
 이왕 말나온김에 교수님이 생각하는 사랑, 사랑론도 듣고 싶은데요…….
 ─ 사랑? 사랑이라……

하도 이런저런 일을 겪다 보니 사랑이라는 말도 한동안 잊고 살았던 것 같구먼……

사랑 사랑 노상 입에 달고 사는 말이기도 하고 예부터 만인의 화두이기도 하지만 막상 뭐냐고 물으면 딱 잘라 단언하기도 어렵지. 저마다 생각이 다르듯 사람마다 정의도 다 다를 테고…… 게다가 정답이 있는 것도 아니고 실체가 있는 것도 아니고……

그래도 굳이 정의하자면, 난 사랑을 그리 신비스럽거나 숭고한 것으로 보지 않아. 우리가 생각하는 것만큼 영혼이니 정신이니 이런 것들 하고는 거리가 멀다는 얘기지. 이를테면 어릴 적 어머니 젖가슴 만지며 느꼈던 달콤한 감각이나 쾌감 같은 거와 별반 다를 게 없다고 봐. 어머니가 어린 자식에게 수백 번 사랑한다고 해봐야 한 번 껴안아 주는 것이 아이가 더 사랑을 느끼듯이 말이야. 어른들의 사랑이라고 예외는 아니라고 봐.

내 결혼생활을 회고해 봐도 그래. 10년 동안 죽자 사자 연애한 끝에 결혼했지만 결국 권태가 왔고 이별했지. 내 경험상으로도 그렇고 사랑은 영원불변한 것도 정신적인 것도 아니더라고……

사랑은 한마디로 육체 접촉으로 오는 순간의 황홀경이랄까, 순간의 관능적 쾌감이랄까, 그 자체가 아닐까 싶네…….

어때요? 그럴 듯해요?

— 그럴 듯한데요……

그럴듯하긴 한데, 아직은 경험 부족 탓인지 깊은 속뜻까지는……

그래도 교수님, 어쨌든 사랑 뒤에는 결혼이 따라오는 것 아닌가요. 실은 제가 이실직고하자면, 남자친구가 있거든요. 근래 들어 은근히 결혼 얘기를 꺼내더라구요. 저도 일단 졸업하면 취업도 취업이지만 결혼이라는 선택도 있지 않을까, 하는 생각도 들구요…… 해서 교수님께 조언을 구하고 싶습니다만…….

― 으음, 결혼이라……

  결혼·이혼을 겪은 사람으로서 한마디 하자면, 우선은 왜 결혼하는지 그 동기가 분명해야 해. 단지 남들이 하니까, 부모님 독촉에, 이런 것들은 하등 이유가 될 수 없어. 일시적 도피행위로서 결혼해서는 안 된다는 거지. 결혼에 대한 막연한 환상만으로 출발해서는 더욱 안 되고……

  일단은 사회에 나와 사람들과 부대껴도 보고 쓴맛도 보고 산전수전 겪어본 다음에 정신적으로 좀 더 성숙해진 다음에 그때 해도 늦지 않아.

  그래도 굳이 같이 살고 싶으면, 혼전에 일정기간 동거를 시도해 보는 것도 한 방법이 아닐까. 3년쯤은 계약 동거 형태로 일정 기간 같이 살아본 뒤, 결혼 유무를 판단하는 것도 현명한 방법의 하나가 아닐까. 혼인신고도 미루고 피임도 하고…… 그러다가 그대로 결혼까지 이어지면 다행인 거고, 설사 헤어진다 해도 자식도 없으니 후유증도 덜 할 테고, 법적 책임감이나 의무감 같은 것도 없으니 마음의 부담도 덜 하고…….

  한마디만 더하자면, 결혼은 단지 공식적인 선언에 불과할 뿐,

그 이상도 그 이하도 아니라는 거야. 인륜지대사니 뭐니 하는 말도 점차 옛말이 되어가고 있고…… 이제 결혼에 올인하는 시대도 사양길로 접어들고 있다는 거지. 무슨 말인고 하니, 결혼은 앞으로 당위 문제가 아니라 선택의 문제일 뿐이라는 거지. 아니 벌써, 그런 추세로 흐르고 있고…… 아마 이런 추세로 가다 보면, 결혼제도 자체가 수십 년 안에 필요악이랄까, 무용지물로 전락할 수도…… 그런 만큼 오히려 결혼에 더 신중할 필요가 있지.

— 그렇군요. 결혼제도 자체가 점차 사양길로 접어들고 있군요. 많은 참고가 되었습니다. 앞으로 남자친구와도 의논하면서 좀 더 신중히 숙고해 보겠습니다.

근데, 교수님은 재혼할 생각 없으신 거예요?

— 지금으로선 정식으로 다시 결혼할 생각은 없어. 결혼하고 나서야 내가 결혼 체질이 아니었다는 것을 깨달았거든. 결혼이 적성에 맞지 않다는 것을 말이야…… 그래서인지 결혼해서 스트레스에 시달리느니 차라리 안 하고 외로운 게 낫지 않을까, 하는 생각도 들고……

그래도, 그래도 말이야. 바람이 있다면, 더 늙기 전에 겉도 속도 야하디야한 여자나 만나 실컷 연애나 하다 죽는 게 바람이라면 바람인데…… 야한 여자는 고사하고 그리워할 여인 하나 없으니 원…… 허허…….

광수는 호방한 목소리로 스스럼없이 털어 놓는 듯 했지만, 속은 쓸쓸하기 그지없었다. 이는 숨길 수 없는 속내였기 때문이었다.

이혼의 아픔도 채 가시기 전에 닥친 필화사건, 재임용 소동, 검열에 대한 공포 등 크고 작은 우여곡절들을 겪다 보니 야한 여자는 커녕 아예 여자에 대한 욕망 자체가 일지 않았다. 이혼한 지 18년이라는 세월이 흘렀건만 여자 손 한 번 잡아본 적이 없었다. 광수는 이게 늘 아쉬움으로 남아 있었다. 이런 마음을 알 턱이 없는 미연이는 눈까지 반짝이며 당차고도 당돌하게 물어왔다.

— 교수님, 마지막으로 야한 조언 한마디만 해주세요. 그렇고 그런 조언이 아니라 아주 야한 조언요…….

— 야한 조언? 그것도 아주 야한 조언? 가장 어려운 질문인데……

아참, 그러면 이게 좋겠다. 며칠 전 써두었던 야한 글귀가 있는데……

야한 부분만 밑줄 쳐 줄 테니 미연 양이 직접 읊어봐요.

광수는 책상 위에 놓여 있던 원고를 집어 들어 빨간 펜으로 밑줄을 그은 후 미연에게 건네주었다. 얼떨결에 원고를 건네받은 미연이는 쭈욱 훑어보더니 흐음흐음, 두어 번 목소리를 가다듬으며 읽어 내려가기 시작했다.

— 하나, 육체가 배고플 때 정신도 맑아질 수 없는 법, 정신이니 이성이니 이런것들에 너무 매몰되지 말고 적당히 퇴폐해야 행복해지는 법이다.

둘, 현대인의 병리 현상들도 성욕의 불충족에서 비롯되는 면도 있음을 인식하고 배꼽 아래가 원하는 것을 너무 부정하지 말라.

셋, 자신의 욕망을 위해 타인에게 피해나 폐를 끼치지 않는 범주 내에서 신의 선물의 하나인 성을 부끄럼 없이 향유하라. 인간의 행복도 성적 만족도에 의해 결정된다 해도 과언이 아니다.

넷, 죽으면 모든 것이 끝! 천국과 지옥이 어디 있으며 윤회 또한 어디 있으랴. 중요한 건, 자유롭게 살아가고 있느냐, 현세의 쾌락을 누리고 있느냐, 그것뿐이다!

아나운서처럼 또박또박한 목소리로 단숨에 읽어내린 미연이는 엄지를 척 치켜들며 교수님 최고! 를 연발했다.

또다시 연구실 가득 웃음이 번졌다. 앞머리를 쓸어넘기며 한참을 웃던 미연이는 무슨 심경의 변화인지 돌연 웃음기를 거두고, 원고를 책상 위로 도로 갖다 놓으며, 진지하기까지 한 표정으로 말했다.

― 그토록 많은 우여곡절과 위험부담에도 굴하지 않고 말로 글로 행동으로 거침없이 표현하는 일관된 신념은 정말 교수님 답습니다.

거두절미하고 툭 내뱉고는 가방을 챙겨들며 나가려다 말고 다시 정색하며 말했다.

― 감히 외람되지만, 큰 결례를 무릅쓰고 한마디만 더 하겠습니다. 지구가 돈다고 지동설을 주장했던 갈릴레오도 당시에는 반미치광이 취급을 당하지 않았습니까. 어느 시대든 천재·선각자들은 시대와 불화하는 법 아닙니까. 교수님도 지금은 불화 속에 있지만 머지않아 제대로 된 평가 받을 날이 올 겁니다. 기필코 그런 날

이……

 그러니 교수님, 앞으로도 야한 글 많이 쓰세요. 기죽지 마시구요……

 그리고 졸업식 날 거나하게 졸업 축하주나 사 주세요. 기대하고 있을게요.

 채 대답도 하기 전에 미연이는 민망했는지 작별인사 대신 한쪽 손을 흔들어 보이며 빠른 걸음으로 연구실을 뒤로했다. 그렇게 홀연히 가버리자 광수는 왠지 마음의 갈피를 잡을 수가 없었다. 격세지감과 동시에 옛일들이 일제히 수면 위로 부상하며 마음을 헝클어 놓았다. 미연이도 그러지 않았나. 「나는 야한 여자가 좋다」는 '현시점에서 읽어도 전혀 생소하지가 않았다.'고, 어차피 시간이 흐르다 보면 이렇게 변하는 것을…….

 광수는 일거에 소용돌이쳐 오는 감정들을 꾹꾹 제어하며 미연이가 가방을 챙기며 했던 말만 의식적으로 떠올렸다. '언젠가는 제대로 된 평가를 받을 날이 올 것'이라는 그 말, '기죽지 말고 앞으로도 더 야한 글을 쓰라'는 그 말만을…….

 하지만 아무리 마음을 다잡으며 원고지 칸을 메워나간들 검열의 덫에서 헤어나올 수가 없었다. 필화사건 이후부터 계속된 검열로 출판하는 족족 19금 딱지가 붙으며 작가로서 위기를 맞고 있었다. 지난 2006년부터 소설「유혹」「귀족」「사랑의 학교」등이 청소년 유해 논란 끝에 연달아 19금 판정을 받았다. 19금 딱지가 붙는 순간 서점 진열은 고사하고 비닐 커버에 씌워 별도의 공간에서만 판매하도록 조치가 되었다. 이러다 보니 책들은 무슨 금기인 양 팔리지 않았고 출판사들도 외면하기 일쑤였다. 더 황당한 것은, 명확한 검열기준이 없다는 것이었다. 「귀족」만 해도 그러했다. 19금을 피하기 위해 자발적으로 표현 수위를 낮추고 출판사 측에서도 문제없다는 합의하에 펴낸 작품이었다. 그럼에도 19금 딱지가 붙고 말았다. 「권태」도 매한가지였다. 18년 전, 첫 출간 때에는 아무런 문제가 없었던 작품이 개정판을 내자 19금으로 둔갑하고 말았다. 「광마일기」라고 다르지 않았다. 1990년 초판 때만 해도 문제가 없었던 작품이 이제 와서 19금으로 둔갑하는 황당한 일이 벌어졌다. 오히려 이번 개정판을 내면서 몇 번의 수정작업을 거치며 한층 순화된 언어로 펴냈는데도 결과는 19금 조치, 20여 년 전에는 아무런 제재가 없던 작품이 20년이 지난 21세기에는 빨간 딱지라니! 이를 어찌 납득해야만 하는가! 시대가 퇴보라도 했단 말인가! 백지에 마광수라는 이름 석 자만 써넣어도 금서라는 딱지가 붙는 것만 같아 법정 시비까지 각오도 했었지만, 그 또한 형평성 없는 허무한 싸움이라는 것을 알기에 도무지 엄두가 나지 않았다. 그렇다고 두더지 무서워 장 못 담그랴, 펜 끝은 멈추지 않았다. 굴하지 않았다. 그럴수록 에로티시즘을 향한 열정은 더해만 갔고, 금기에 대한 도전도 더해만 갔다. 광마라는 별명이 괜히 생겼겠는가. 그야말로 광수는 들판을 질주하는 야생마처럼 자신의 문학의 결정판이라 해도 손색이 없을 작품들을 다수 쏟아냈다. 「세월과 강물」 「발랄한 라라」 「미친 말의 수기」 등도 이때에 완성한 작품들로서

문학이란 상상력의 모험이자 금기에 대한 도전이라는 신념에서 나온 작품들이었다.

 또한, 이즈음부터 광수는 남녀 성기 명칭을 순우리말로 묘사하기 시작했다. 자지, 보지, 항문 등의 우리말을 거침없이 구사했고 거침없이 작품에 등장시켰다. 뻔히 검열의 잣대가 가혹하리라는 것을 알면서도 뻔히 사회로부터의 비난을 알면서도 핥았다 빨았다 등 직설적인 우리말의 용어들을 마다하지 않았다. 이유는 간단했다. 문학이란 상상적 일탈과 금기에 대한 도전이라는 신념 때문이기도 했고, 학계·문단에 만연해 있는 지나친 교훈·교양에 매몰된 허위의식을 깨고자 하는 반발심에서였다. 이유야 어떻든 한 번 생각해보라. 자지, 보지를 못 쓸 이유가 어딨겠는가. 국어사전에도 엄연히 기재되어 있는, 그야말로 순우리말이 아닌가. 하등 배척해야 할 이유가 없지 않은가. 그럼에도 우습게도 핥았다 빨았다 등의 순우리말로 구사하면 제재를 가했고 대신에 흡입했다 마찰했다 등의 한자어로 두루뭉술 뭉쳐야 제재도 없었다. 참으로 우스운 일 아닌가. 순우리말을 썼다고 붉은 딱지라니!

 이야말로 한자나 외래어를 써야 더 품위 있는 문장으로 간주하는 이중적이고 사대주의적인 문화풍토가 아니고 뭔가. 우리 스스로 한글을 비하하는 꼴이 아니고 뭔가. 이럴수록 검열의 덫은 더해만 갔다. 손바닥 몇 번 클릭하면 온갖 동영상·야설이 판치는 판국에 왜 유독 문학에만 가혹한 잣대를 들이대는지 도대체 어쩌자는 것인지 갈수록 참담할 뿐이었다. 작가로서 자신이 쓰고 싶은 글을 마음껏 쓸 수 없다는 것, 이보다 더한 고통도 없었다.

이제는 아예 자진해서 19세 미만 구독 불가라는 딱지를 사전에 달고 판매하는 지경에 까지 이르고 말았다. 판매금지라는 최악의 상황만이라도 미연에 방지하고자 하는 고육책이었다. 이쯤 되면 포기할 만도 한데 광수는 꿈쩍도 하지 않았다. 애당초 돈벌이나 명성 따위를 얻고자 충동적으로 쓴 글들이 아니라 오래전부터 숙성해온 생각들을 담은 글들이었기 때문이었다. 그리고 또 하나, 맹자의 '가욕지위선可欲之謂善', 이를테면 '누구나 원하는 것은 선'이라는 신념에서였다. 이 문구야말로 크고 작은 난관에 봉착할 때마다 다시 일으켜 주는 주술과도 같은 문구였다. 감옥에서의 공포도 재임용 소동 때의 고통도 기어이 견뎌내게 했고, 지속되어 온 검열의 공포 속에서도 기어이 펜을 잡게 했다.

광수는 스스로 자부하고 있었다. 무엇을 하든 어떠한 상황에서든 솔직하려 했고, 정직이 최선이라는 신념으로 여기까지 견뎌왔다는 것을…… 매도당할지언정 소신대로 쓰고 말하고 행동해 왔다는 것을…….

솔직할수록 정직할수록 사람을 잃었고 외톨이 신세가 되고 말았지만 그렇다고 자신을 기만하는 일은 단연코 거부해왔다. 광수는 학생들에게도 입버릇처럼 말하곤 했다. "선·악의 판단 이전에 솔직성에 대한 판단이 한 사람의 인격을 저울질하는 척도가 되어야 한다"고. 그러면서 한 언론과의 인터뷰에서도 분명히 밝혔다. "겉과 속이 달라야 이 시대를 그럴듯하게 행세하며 살아갈 수 있다면, 난 단연코 거부하겠다. 왜냐하면, 이 표리부동함이야 말로 우리의 인생을 사회를 지옥으로 몰고 가고 있기 때문이다."

 이렇듯 광수는 정직함을 삶의 철칙으로 삼고 무엇을 하든 이 정직함 속에서 답을 찾으려 했다. 그렇지만 이 과도하리만치 타협 없는 솔직함은 광수에게 양날의 칼이었다. 제자들이나 두터운 마니아층으로부터 변함없는 지지를 받은 것도 이 솔직함 때문이었고, 문단·학계 할 것 없이 사회로부터의 비난이나 고립도 이 과도한 솔직함이 치명적이었다면 치명적이었다. 광수는 지인들로부터 귀가 닳도록 들어왔다. '고상한 문체로 대중들이 선호할 만한 책들을 펴내다 보면, 문단·학계의 공격도 없을 테고 대중들로부터 좋은 평가를 받을 테고 그러다 보면 인세도 들어오고 얼마나 좋은가'라고. 그럴 때마다 광수는 고개를 저었다. 무엇보다도 자신을 기만하고 포장하면서까지 시류에 영합한다는 것이 싫었고 생리에도 맞지 않았다.

 그래서인지 문학평론가 김성수도 말했다. "「즐거운 사라」가 세계에서도 유례가 없는 작가 구속이라는 사건으로까지 비화한 것은 정치적 배후는 차치하더라도 이 소설이 갖는 솔직성이 가히 폭탄적이었기 때문"이라고…….

 결국 기꺼이 까밝힌게 죄였고 외곬인게 죄라면 죄였다.

사라는 누가 죽였나

경제대국 2위였던 일본이 중국에 추월당하는 이변을 일으키며 2010년은 밝았다. 어느새 광수도 환갑으로 접어들고 있었다. 심신은 병약해 있었고 허연 머리도 듬성듬성 빠져 있었지만, 속은 여전히 야했다. 환갑의 나이임에도 변함없는 사상과 주장들을 담은 문화비평집 「이 시대는 개인주의를 요구한다」 시집 「일평생 연애주의」 등을 펴내며 여전히 건재함을 과시했다. 아무리 건재함을 과시한들 나이가 나이니만큼 어쩔 수 없이 인생만년의 회한들이 작품 곳곳에서 묻어나왔다. '일평생 연애주의'라는 제목에서 보여주듯 남들 보기에는 평생 연애나 하며 자유분방하게 사는 것처럼 보였겠지만 그렇지가 않았다. 오히려 자유분방한 글과는 다르게 후회만 남는 쾌락을 아예 차단할 만큼 금욕적이기까지 했다. 내세론·운명론을 거부하며 유미적 쾌락주의를 주창하는 자유인이자 진보적인 성향의 사람일 뿐, 절제 없는 욕구충족을 경계했다. 애당초 성 자체가 원초적이고 말초적인 속성이지 않은가. 그 속성들을 가감 없이 묘사하다 보니 대중들은 내용과 작가를 동일시하며 퇴폐적인 이미지로 굳어졌을 뿐, 광수는 야하지도 더더욱 변태도 아니었다. 오히려 소위 기득권자들이라고 하는 이들이 불미스러운 루머가 터질 때마다 '씨발놈들이 허구와 현실도 제대로 구분하지 못한다.'며, 학생들 앞에서 일갈하곤 했다.

요즈음은 나이 탓인지 퇴임이 가까워서인지 모든 게 헛헛할 뿐이었다. 시간도 세월도 폐허 같은 편린들만 남겨놓으며 다만 쓸쓸히 멀어져갈 뿐이었다. 어느 시인의 시구처럼 '인생은 잡지의 표지처럼 통속할 뿐' 아무것도 아니었고 별것도 아니었다.

퇴임이 임박해 올수록 오만가지 감정들이 교차하며 자꾸만 서러움이 밀려왔다. 광수는 북받쳐오는 감정들을 애써 다잡으며 남은 일들을 하나하나 마무리 지어 나갔다.

어제는 연구실 책상 서랍 속을 정리하다 보니 작은 상자 속에 차곡히 쌓여있던 편지들이 눈에 들어왔다. 다름 아닌 난관에 처할 때마다 제자들로부터 받았던 격려편지와 메모들이었다. 광수는 눈시울이 뜨거워 왔다. 가슴이 뜨거워 왔다. '그래, 이걸로 됐어. 이 이상 무엇이 더 필요한가.' 광수는 나직이 중얼거리며 편지 하나하나를 곱게 접어 가방 깊숙이 쟁여놓았다.

새삼 들출 것도 없이 고립무원 속에서도 포기하는 일 없이 여기까지 버틸 수 있었던 것은 학생들이 있었기에 가능했다. 학생들이 유일한 무기이자 힘이었다. 이런 학생들과 좋은 추억들만 의식적으로 떠올리며 간신히 간신히 버티던 차에 설상가상으로 어머니마저 세상을 뜨고 말았다. 연로했던 터라 머지않아 이런 날이 오리라는 각오는 해두었지만, 막상 현실로 닥치자 황망하고 죄스러울 뿐이었다. 자신으로 인해 평생 가슴 졸이며 살아온 어머니가 아니었던가.

어머니를 여읜 슬픔도 채 가시기도 전에 2016년 8월, 한과 파란으로 점철되었던 40년의 교직 생활은 이렇게 막이 내렸다.

기적적으로 퇴임은 했지만, 남은 것은 혈혈단신의 외로움과 병든 심신과 생활고뿐이었다. 해직 경력 탓에 명예교수직은 고사하고 연금도 반토막으로 줄고 말았다. 오랜 투병 생활을 해왔던 어머니의 병원비·간병비에다 입주 가정부의 월급을 주고 나면 남는 것이 없었다. 고심 끝에 그림이라도 판매할 양 화랑에 내놓았지만 그림에도 붉은 딱지가 붙었는지 이마저도 여의치가 않았다. 그럴수록 광수는 깊은 늪 속으로 빠져들 듯 고립되어만 갔고, 두문불출하는 나날이 이어졌다. 이따금 대광 시절의 친우 몇몇과 제자들만 찾아올 뿐, 찾는 이도 없었고 광수 또한 아무도 찾지 않았다. 근래에는 추한 꼴 보이기 싫어 이들마저 만나길 꺼렸다. 집 근처의 한강 변 산책만이 유일한 외출이자 낙이었다.

　오늘도 매일같이 집안에만 틀어박혀 있다 보니 자폐증세마저 오는 것 같아 어스름한 저녁, 한강 둔치를 찾았다. 얼마간 강변을 거닐자 보행조차 어려워 광수는 작은 벤치에 앉아 강물만 하염없이 바라보았다. 사위는 어둠으로 드리워지기 시작하자 으스스 한기가 옷섶을 파고들었다. '아, 벌써 가을인가. 때가 되니 계절은 이리도 쉬이 오건만……' 광수는 중얼거리다 말고 깊숙이 담배 한 모금 빨아들이며 눈을 감았다. 지난 일들이 어제 일처럼 스쳤다. 치기 만만하게 타오르던 젊음의 한때도 손에 잡힐 듯 다가왔다. 강의 때마다 대강당 가득 뿜어내던 젊은 열기도 일거에 번져오는 듯했다. 학생들과 허름한 술집에 모여 앉아 문학을 연극을 인생을 뜨겁게 논하던 무더운 여름밤도 스쳤다. 두렵고 암담했던 숱한 날들, 숱한 밤들도 아프게 다가왔다. 어느 교수의 비정한 모습도 어느 판사의 사디스틱하게 웃던 모습도 섬뜩하게 뇌리를 스쳤다.

　광수는 헝클어져만 가는 마음을 추스르며 찬찬히 되짚어보았다. 「즐거운 사라」가 지금에 와서 독자들을 만났으면 어땠을까. 지금 시대 정도만 됐어도 많은 것이 달라지지 않았을까. 미술을 택했으면 어땠을까. 글보다야 자유롭게 표현할 수 있지 않았을까. 차라리 한국이 아닌 유럽에서 태어났더라면? 적어도 일본에서만이라도 작품활동을 했었다면? 이리도 인생이 기구했을까. 이리도 구차했을까. 어머니 말마따나 모든 게 업보였던가. 시기상조였던가. 그렇다면, 시기상조였다면 언제쯤 얼마나 더 시간이 필요하단 말인가. 언제쯤 「즐거운 사라」가 세상에 빛을 볼 수 있단 말인가. 그런 날이 오긴 온단 말인가. 풀길 없는 상념들이 꼬리에 꼬리를 물며 머릿속을 헤집어 놓았다. 희미한 어둠 속에 몸을 맡긴 채 상념에 빠져 있던 광수는 먼 하늘가를 응시하며 참담히 중얼거렸다. '아, 부박한 생, 덧없는 이 육신, 바둥거려봐야 어차피 한 줌 뼈, 한 줌 흙인 것을…… 무얼 그리 갈구했던가. 무얼 그리 갈망했던가…… 무모한 도전이었던가. 아니면, 그게 아니면 무모한 시대였던가. 무모한 사람들이었던가……

　이리도 구차할 바에야…… 차라리 그때, 그때에 미련 없이 죽어버릴 것을…….'

　한강 변에서 짧은 시간 배회했을 뿐인데도 기력이 쇠한 광수는 밤 새 뒤척이다 겨우 새벽녘에야 잠이 들었다. 해는 중천에 떠 있는데도 아침도 거른 채 꼼짝없이 누워있었다. 그러는 사이 초인종이 울렸다. 보나 마나 매스컴 관계자들이려니 지레짐작하며 못 들은 척 그대로 누워있었다. 세 번 네 번 초인종은 연거푸 울렸다. 하는 수 없이 겨우 몸을 일으켜 현관문 쪽으로 바짝 몸을 기대며 누구냐고 묻자 뜻밖에 어린 시절부터 줄곧 함께해 온 친우였다. 자신의 행색을 들키고 싶지 않은 광수는 일순 문을 열까 말까 망설였다. 한편, 어쩌면 마지막 만남일지도 모른다는 절박한 마음도 일었다. 잠시 미적거리던 광수는 문을 열었다.

— 어, 성호, 임성호가 아닌가. 아무런 언질도 없이…… 이게 얼마 만인가.

— 글쎄, 얼마 만인지 나도 가물가물하네. 내 딸내미 결혼식 때 본 후로 통 만나질 못했으니…….

두 사람은 밝은 표정으로 재회의 기쁨을 나누는 듯했지만 성호는 광수를 보는 순간 자신의 눈을 의심했다. 그간의 일들은 풍문으로 들어 어느 정도 알고는 있었다. 그래도 막상 대면하자 너무도 변해버린 모습에 말문이 막혔다. 비쩍 마른 몸, 생기 잃은 눈, 구부정한 어깨, 듬성듬성 빠진 허옇게 센 머리, 예전의 총기는커녕 뼈만 앙상한 모습은 딴사람처럼 생소하기까지 했다.

방안의 사물들도 슬프게만 보였다. 여기저기 널브러져 있는 약봉지들, 원고 뭉치들, 자잘한 필기도구들, 남루한 이부자리, 재떨이에 수북이 쌓인 담배꽁초…… 눈에 들어오는 사물 하나하나가 광

퇴임 후의 모습

수의 삶을 대변하는 것만같아 슬프기만 했다. 방구석에 걸려있는 길고 화려한 손톱 사진도 누드화도 슬프기만 했다.

성호는 위무의 말이라도 해야 할 것 같은 강박증 같은 것이 일었지만, 마땅한 말이 떠오르지 않아 허둥대는 것을 눈치챘는지 광수가 먼저 운을 뗐다.

― 그리 애쓸 것 없네. 하루이틀 겪는 일도 아니고…… 그보다도 내 사는 꼴 보고 웃지나 말게.

둘 사이로 잠시 어색한 침묵만 흘렀다. 죽마고우이긴 하나 한동안 연락이 뜸했던 탓인지 어색함은 어쩔 수가 없었다.

예기치 않은 어색함이 불편한지 광수는 지그시 눈을 감은 채 한동안 미동도 하지 않았다. 성호는 광수의 안색을 살피며 조심스레 말문을 열었다.

― 마 선생. 전에부터 한번 만나봐야지 만나봐야지 늘 생각은 했었지만…… 먹고 사느라 차일피일 미루다 보니 그만…… 어릴 적부터 그렇게 도움을 받았으면서 정작 마 선생이 힘들어할 때는 아무런 도움도 못 주고…… 송구할 뿐이네……

그나저나 어디서부터 무슨 말을 해야 할지. 세세한 내막까지는 모르지만 그간의 일들은 대충 들어서 알고는 있네. 얼마나 마음 고생이…….

한동안 미동도 하지 않던 광수는 만지작거리고만 있던 담배에 불을 붙여 길게 한 모금 빨아들이며 입을 열었다. 목소리는 의외로 담담했다.

— 나야말로 무슨 말을 하고 무슨 말을 말아야 할지……

이 나라에서 살아남으려면 본능 같은 건 성 같은 건 꽁꽁 숨겨야 하거늘 그리 못한것이 죄였던 거지. 명문대 교수에 걸맞는 품위·체면 이런 것들을 무시한 대가였던 거지. 정치계·문단·학계 할 것 없이 그들의 본색을 까밝히는 내가 눈엣가시였던 거고. 그들만의 철옹성 같은 아성을 지키려면 내게 족쇄를 채워야만 했었으니까……

알다시피 필화사건이 터진 게 40대 초였으니까 그 후로는 정말이지 고달프게 고달프게 늙어왔어. 남들처럼 세월 따라 늙어온 것이 아니라 외압에 의해 늙어왔으니…… 평온한 일상 하나 보장받지 못한 삶을 살아왔으니…… 한 생을 살아내기가 이리도 힘들어서야…… 정년퇴임까지한 게 기적이랄 수 밖에……

말이 퇴임이지 보다시피 남은 건, 이 꼬락서니 뿐일세. 작년에는 어머니마저…… 이 잘난 아들 덕에 팔자에도 없는 고생만 하시다가…….

광수 목소리가 떨려왔다. 더 이상 말을 잇지 못한 광수는 길게 한숨을 내쉬며 창밖으로 시선을 돌렸다. 성호는 광수가 감정수습이 되기만을 잠자코 기다렸다. 쉬이 감정 제어가 안 되는지 광수는 멀거니 창밖만 응시할 뿐, 좀체 입을 열려 하지 않았다. 하는 수 없이 성호는 다시 광수의 심중을 헤아리며 물었다.

— 마 선생, 감히 묻겠네. 그렇게 인생까지 저당 잡히며 무엇을 지키기 위해 무엇을 이루기 위해 그 험난한 길을…… 동지 하나 없

이…….

 창밖만 응시하던 광수는 안으로 시선을 거둬들여 다시 담배에 불을 붙여 빨아들이며 좀 전과는 달리 다소 강경한 어조로 말했다.

 ─ 무슨 거창한 야심이나 소명의식 같은 것이 있어서는 아냐. 다만 성을 금기시하면서도 성 천국인 이 한국사회의 이중성에 시비를 걸었다고나 할까. 낮에는 도덕군자인 양 고상한 척하는 놈들이 뒤로는 호박씨 까는 이 나라 기득권자들의 이중적 행태가 역겨워 총대를 멨던 거지. 성 표현·성 논의조차 발설할 수 없게 족쇄를 채우는 놈들이 밤만 되면 고급 룸살롱에서 고급스럽게 성을 즐기고, 입으로는 청소년을 위하고 건강한 대한민국의 미래를 위한답시고 목소리를 높이고, 밤이면 또 뒤로 호박씨 까고…… 이런 추태가 역겨워 까밝힌 거지……

 그리고 한가지 욕심이 있었다면, 교양·교훈으로 획일화된 문단의 틀을 깨고 성담론의 물꼬를 터주고 싶었네. 더 나아가 밥의 평등 못지않게 성평등 또한 중요하다고 여기는 사람인지라 성문학이 전무한 한국 문단에 성문학도 한 장르로 정착시키고 싶었네. 미력하나마 나만의 방식대로 나만의 글과 말로 말일세. 쉬운 길만은 아닐 것이라는 생각은 했었지만 이렇게까지 큰 대가를 치를 줄이야……

 하긴, 불과 얼마 전까지만 해도 간통죄다 뭐다 하며 남녀 간의 애정에까지 법의 메스를 들이대던 나라였으니…… 이런 나라에서 성문학은 무슨 성문학…… 상상조차 재판하는 나라에서……

한번 생각해보게. 역사를 조작해서 돈 버는 작가, 인간의 본능을 있는 그대로 표현하는 작가, 어느 쪽이 더 위험한지 어느 쪽이 더 대중들에게 해악을 끼치는지……

문제는 여기서 끝나지 않아. 이러다 보면 대중들은 획일화된 정서만 몸에 밸 테고 사회통념에 반하는 것들은 비정상적이고 다른 것은 무조건 틀린 것이라며 배척하게 되고…… 이게 악순환이 되다 보면 한국의 예술·문화는 백날천날 해봐야 제자리걸음일 테고……

문화라는 것도 별건가. 대중들에게 숨통을 트여주고 재미를 주는 것이 문화 아닌가. 이런 숨통을 억압하려고만 하니 질식할 수밖에……

먹고 사는 문제는 어느 정도 해결이 되었으니 이제는 쾌락을 추구할 자유를 보장해주자 이거지. 이것뿐이었네.

그렇다고 후회 같은 건 없어. 내 소신이었으니까. 다만 너무 두들겨 맞아서 억울하고 분해. 억울하고 분해서 죽기 전에 더 비약적이고 기발한 '야함'이나 창조하고 나서 죽어도 죽어야 할 텐데…… 그래야 조금이나마 여한이 없을 텐데…… 그래봤자 이 나라에서는 꿈같은 얘기겠지만…… 다음 생에서나…….

광수의 목소리에서 짙은 자조가 섞여 나왔다. 성호는 듣는 내내 목 언저리로부터 뜨거운 무언가가 치밀어 오르는 것을 애써 눌렀다. 동시에 알 수 없는 감정들이 교차했다. 모름지기 천재란 시대와의 불화는 숙명이라고들 하지만 그래도 그렇지, 저토록 풍파를 겪은 이도 있을까. 나와 우리와 다른 특이한 한 인재를 인정하지도 수용하지도 못하는 이 한국 사회가 그를 감당할 수가 없어 일찌감치 재갈을 물린 것은 아니었을까. 그가 변태적인 것이 아니라 성을 입에 올리는 순간 무슨 대단한 죄인인 것처럼 패거리로 달려들어 사장死藏 시켜버린 이 사회가 변태적인 것은 아니었을까. 성호는 짧은 순간이었지만 온갖 감정들이 어지러이 교차했다. 담배만 뻑뻑 피워대며 마치 패잔병처럼 무기력하게 앉아있는 광수를 보자 분출할 길 없는 감정들은 더욱 가슴을 옥죄었다. 성호는 헝클어져만 가는 감정들을 간신히 수습하며 조금이나마 광수에게 위로가 되지 않을까 싶어 말했다.

— 못을 빼낸들 어찌 못 자국까지 지워지겠나. 가랑비에도 옷은 젖듯 여태 마 선생이 일궈놓은 행적들도 세상 어딘가에 스며들어 흔적으로 남지 않겠나. 설령 당장은 아니더라도 10년이 지나고 30년이 지나다 보면 헛되지 않았음을 드러낼 때가…….

— 아니, 10년 30년까지 갈 것 없네. 그때에는 구역질이 난다 음란하다 그렇게 매도했던 것들이 벌써 구닥다리가 되었고 현실로 도래한 지가 오래네……

그보다도 소설 한 권으로 잃은 게 너무 많아. 책 하나로 제 운명으로 살 수 없는 운명이 되고 말았으니……

상상을 재판했다는 것 자체가 넌센스였던 거지. 더 억울한 건, 한번 잡혀 갔다 오자 무조건 나쁜 놈이 되고 말더라고…… 문단·학계·대중할 것 없이 가차 없이 공공의 적으로 낙인찍고 말더라고……

 당시 출판시장을 봐도 그래.「즐거운 사라」보다 더한 소설들도 버젓이 출판되고 있었음에도 아득바득 '사라'에 족쇄를 채운 건, 외설이라는 이유보다는 성인소설이나 써대는 삼류소설가가 아니라 명색의 유수 대학의 교수라는 신분으로 버젓이 공식 출판했다는 점, 여성의 순결의무에 도전했다는 점, 그러니까 자유로운 성 주체가 남자가 아니라 여자였다는 점, 심지어 성 주체인 여성이 반성이나 죄책감은커녕 끝까지 쾌락 일변도로 결말을 냈다는 점, 이러한 점들이 저들의 심기를 건드리는 꼴이 되고 만 거지. 이렇게 해서 한국 최초, 세계 최초의 필화사건으로 이어진 거고……

 이 한국 사회는 겉만 번지르르할 뿐, 아직도 유교 이데올로기 속에 갇혀 있어. 내가 그토록 논란의 중심에 있었던 것 자체가 이를 증명하고도 남지 않나. 유럽이나 가까운 일본만 해도 아예 화젯거리조차 못 됐을 것을……

 이 나라에서는 음란물이다 뭐다 하며 항소심 공판이 계속되던 와중에「즐거운 사라」가 일본어판으로 번역·출판되었는데, 어땠는지 알아? 10만부 이상의 판매 부수를 올리며 베스트셀러 반열에 올랐네!

 어때? 이 사실 하나만으로도 이 사회가 얼마나 꽉 막혀 있는지 알만하지 않나!

 그래도 이런 한국에서나마 위안받은 게 있었다면, 그때가 언제더라, 중앙일보에서 해방 이후 한국의 패러다임을 바꿔놓은 책으로「해방 전후사 인식」「전환시대의 논리」「즐거운 사라」를 선정했더라고……「나는 야한 여자가 좋다」도 일각에서는 성담론이 전무한 한국사회에 성담론의 도출서 역할을 했다는 호평도 적지 않았고……

내 입으로 얘기하긴 좀 낯뜨겁지만, 제대로 평가했다고 봐.

그리고 말이야. 내 박사학위 논문 주제가 '윤동주 연구'였는데, 이를 계기로 마광수 없이는 윤동주를 논할 수 없다는 게 학계에서는 정설로 굳어졌고, 윤동주 연구자들에게도 필수 참고문헌으로는 물론 현재 교육과정에 실린 윤동주의 시 해석 대부분도 내 논문을 토대로 한다는 것도 정설로 굳어진 지 오래지. 이로써 윤동주도 대중적으로 사랑받는 시인으로 등극하게 된 거고……

실로 한국 현대 국문학사에 큰 족적이라 할만하지.

그리고 1985년도인가. 동아일보 신춘문예 심사위원 당시, 시인 기형도를 발굴한 것도 나일세. 안타깝게도 30세도 되기 전에 요절을 했지만, 오늘날까지 명 시인으로 회자되고 있지 않나……

크고 작은 풍파도 있었지만 이렇듯이 미지의 길을 걸어왔다는 자부심도 없지 않아 있어…… 하지만, 하지만 그에 못지않게…… 아니 그 이상으로…….

광수는 말을 하다 말고 입을 다물어 버렸다. 표정도 급격히 굳어지며 긴 한숨만 내쉬었다. 성호는 무슨 깊은 곡절이 있구나, 어림짐작하며 광수가 입 열기만을 기다렸다. 벽면 한 곳만을 응시하며 한숨만 내쉬던 광수는 들든 말든 혼잣말처럼 참담히 중얼거렸다.

― 생각해보면, 상처로 응어리로 남은 일들이 한둘이겠는가마는, 그래도 그 일만은 옥살이보다 더한 통증으로 남아 있어. 좀체 잊혀지지가 않아. 잊혀지기는 커녕 세월이 흐를수록 더 또렷하기만 해……

1998년 김대중 정부가 들어서면서 가까스로 복직했건만, 이번에는 국문과 교수 놈들이 재임용 탈락 시켰어. 유일하게 믿었던 사람들이라…… 버텨낼 재간이 없더라고…… 제 발로 정신병원을 찾았지…… 몇 날 며칠 사경을 헤맸고…… 그때 이미 죽은 목숨이었지…….

광수는 말끝을 흐리며 한동안 마른기침을 토해냈다. 연거푸 기침을 토해내던 광수는 마음을 진정시키려는 듯 몇 초간 지그시 가슴을 눌렀다. 그리고는 방구석에 놓여 있던 유리잔의 냉수를 반쯤 들이킨 뒤, 눈을 감았다. 눈을 감은 채 꾹 다문 입은 수천·수만의 말들을 삼키고 있는 듯했다. 무언無言이 백언百言을 능가한다는 말, 바로 이럴 때 적용되는 말이 아닐까. 괴로워하는 광수를 보며 성호는 차마 입이 떨어지지 않아 내막을 물을 수가 없었다.

한동안 눈을 감은채 깊은 한숨만 내쉬던 광수는 반쯤 남아 있던 냉수를 단숨에 들이키며 가슴속의 울화들을 다 털어 내려는 사람처럼 마저 입을 열었다.

― 제자들을 많이 길러내고 싶었는데 그러질 못했어. 그놈의 필화사건으로 학교에서 쫓겨났을 때, 실은 무학점 강의를 했었지. 말하자면 학점 없이 강의를 개설했었고, 매번 백여 명의 학생들이

참석하더라고. 그걸 2년이나 했어. 난 결코 투사는 아니었지만 본의 아니게 투사가 되더라고…… 옆에서 한결같이 믿어주고 지지해주는 학생들이 있었으니까……

그런 그들을 지키고 싶었는데 그러질 못했어. 필화사건 여파로 교수사회에서도 고립되다시피 외면당하는 통에 전공강의에서 배제 당하기 일쑤였고, 교양강의만 배정받다 보니 교내에서도 자유롭게 할 수 있는 것이 없더라고…… 이러다 보니 학생들의 기대에 부응할 수 있는 여건이 못됐다는 거지. 그러는 사이 이렇게 퇴임을 해버렸으니…… 뭐 하나 제대로 되돌려 주지도 못하고…… 이게 또 응어리로 한으로 남아…….

광수의 눈시울이 붉어졌다. 이미 눈가는 젖어 있었고 행여 눈물이라도 들킬까, 얼른 안경을 벗어 얼굴을 벅벅 문질렀다. 성호는 얼른 창밖으로 시선을 돌리고 말았다. 들키고 싶지 않을 것이라는 생각에서였다.

부르튼 입술을 비집고 나오는 광수의 한마디 한마디는 차라리 고해성사였다. 이게 마광수였다. 사람이 사람 마음을 얻는다는 게 어찌 그리 쉬운 일인가. 광수야말로 아무런 힘도 백도 없이 오로지 제자들의 성원과 지지만으로 여기까지 온 사람이었다.

자, 한번 떠올려 보라. 학교에서 직위해제 되자 총학생회 명의로 연세대 교정에 내걸었던 플래카드의 문구가 무엇이었던가. 1994년, 졸업을 맞은 국문학과 학생들이 졸업식장에 내걸었던 현수막의 문구는 무엇이었던가. 이뿐이랴, 항소심 공판이 계속되던 이듬해에는 학생들 스스로 쓰고 엮은 「마광수는 옳다」를 정식 출판했다. 오로지 스승을 지키기 위한 염원에서였다. 이 이상 무슨 말이 더 필요한가. 이것만으로도 이 사람을 증명하기에 충분하지 않는가.

성호는 자신도 모르게 가슴이 뜨거워오며 억울함 같기도 하고 분노 같기도 한 격렬한 감정이 끓어 올랐다. 내가 이럴진대 광수 심정은 오죽할까 싶어 끓어오르는 감정을 꾹꾹 누르며 마저 물었다.

― 일련의 겪은 일들을 듣다 보니 문득 이런 생각이……

마 선생은 시대를 너무 앞서갔던 것은 아니었을까. 이 한국 사회에서는 몇 걸음만 앞서가도 돌팔매를 맞는 판에 너무 앞서갔던 것은 아니었을까. 그 반동으로 고초도 더 심했던 거고…….

광수는 젖은 눈가를 두어 번 쓸어내리고는 안경을 고쳐 쓰며 말을 이어갔다.

― 시대를 앞서갔다느니 어떠니 하는 말들은 종종 듣곤 했지. 자네 말마따나 그래서 더 돌을 맞은 건지도 모르고……

이 나라에서는 성 얘기 꺼내는 것 자체가 죄가 되고 죄인이 되는 것도 모르고 덤벼든 것이 발단이라면 발단이었지……

빠른 게 세월이라더니, 필화사건으로부터 어느덧 25년, 나를 가둔 사람들이나 형을 선고한 사람들에게 묻고 싶어. 진지하게 한 번만이라도 책을 읽어보긴 했었냐고 아니면 윗사람들 눈치나 보고 여론의 눈치나 보며 잡아 가두었던 것은 아니냐고 현시점에 이르러서도 여전히 구속감이고 유죄냐고……!

 그 사람들이야 표적 수사로 한 건 올렸을지 몰라도 나라는 사람은 산 채로 평생 지옥 속에서 허덕여야만 했으니……

 법의 응징 뒤에는 정치적인 의도도 다분히 있었지만 그보다도 명문대 교수였던 만큼 전시효과를 노린 셈이었지. 본때를 보여줌으로써 다른 이들에게 경각심을 불러일으키려는 전시효과 말일세. 야한 소설을 썼다고 포승줄에 묶여 끌려가는 그 세기말적 광경! 그 광경을 목격하며 모름지기 성이란 꽁꽁 숨겨야만 하는 것이라는 집단 무의식을 더 견고하게 심어주려는 전시효과! 그 효과를 노렸다면, 일단은 성공한 셈이었지. 이에 편승하며 이문열을 필두로 다수의 문인들도 쓰레기 같은 소설이라며 맹비난을 해대고……

 더 가관인 것은, 서울대 교수였던 손본오는 마광수 때문에 한국 사회에 에이즈가 창궐했다던가 뭐라던가. 성담론과 에이즈가 무슨 연관이 있는 건지. 삼척동자도 웃을 일이지.

 그들에게도 묻고 싶어. 25년이 지난 지금에도 그런 생각에는 변함이 없느냐고! 손가락 하나만 까딱하면 소설 속 사라보다 더한 사라들이 난무하는 이 시대에도 그런 발언들을 서슴없이 할 수 있느냐고!

 한마디로 이 대한민국은 거대한 집단 이중성, 집단 기만에 빠져 있어. 그러니까 그런 참으로 어이없는 시대착오적인 심판이나 해대는 거지. 그렇게 시퍼렇게 단죄부터 하지 말고 시장원리에 맡겨

두다 보면 저절로 도태될 것은 도태되고 유통될 것은 유통되거늘…… 시간이 답이거늘……

다 나처럼 되라는 것도 동조해 달라는 것도 아냐. 나 같은 사람도 있고 나 같은 소설을 쓰는 사람도 있다는 것을 인정해 달라는 것뿐이지. 작가 한 명이 역사소설도 쓰고 정치소설도 쓰고 계몽소설도 쓸 것이 아니라 각자가 관심 있고 잘하는 분야를 파고들어 각자의 전문분야에서 각자의 방식대로 활동해 나가자는 거지. 난 성 얘기할 테니 넌 정신 얘기하라 이거지. 다양한 장르들을 인정하자는 거지. 이제 와서 가타부타 해봐야……

난 말일세. 죽기 전에 소망이 있다면 단 한 번만이라도 그 누구에게도 그 무엇에도 방해 없이 제재 없이 성의 모든 것을 쓰고 싶을 뿐이네. 비판은 받을지언정 처벌없는 세상에서 겉도 속도 야하디야한 여자를 주인공으로 미치도록 야한 글을 써보고 싶을 뿐이네. 그것뿐이네. 이 소망하나 허락지 않으니……

나도 이젠 이승과 하직할 일만 남았어. 평생 얻어맞긴 했지만 후회 따윈 없어. 욕먹는 게 두려워 잃을 게 두려워 침묵 속으로 숨지도 않았고 거짓으로 내 인생을 채우지도 않았어. 평판에 좌우되는 일 없이 소신대로 썼고 주장했고 또 그렇게 살아왔어. 이걸로 됐어. 이걸로……

다만, 내가 죽고 나면 성문학도 묻히고 말 테고 사라도 영원히 묻히고 만다는 게 그게 또 한으로…….

마치 유언처럼 들려와 성호는 가슴이 서늘해옴과 동시에 절절히 느낄 수 있었다. 성문학에 대한 애착이 얼마나 강했었는지를……
다른 작가들이 쏟는 역사나 민중에 비해 결코 모자람이 없었다는
것을……

 그리고 묻지 않을 수 없었다. 과연 그를 단죄한 사람들은 단죄할 만큼 그리도 도덕적인지 그리도 양심적인지…… 그들처럼 시류에 편승하고 대중에 영합하며 굽신거리기만 했어도 이토록 무참히 꺾이지는 않았을 것이 아닌가!

 어릴 적부터 보아온 광수는 그랬다. 시대를 뛰어넘는 지성과 재능은 겸비했지만, 자신을 포장할 줄도 남의 눈치를 볼 줄도 빈말도 못 했다. 자신의 저서에서 자주 언급했듯 '되는 일도 없고 안 되는 일도 없는 이 기이한 나라'에서 그럴듯하게 행세하며 살아가려면 '변신을 잘해야 변절을 잘해야' 근근이 버텨라도 갈 수 있건만, 변절은커녕 처세술이라곤 솔직함밖에 모르는 사람이었다. 앞뒤 계산 못 하고 자신을 있는 그대로 다 발가벗기고 마는, 이 미련스럽기까지 한 솔직함이 부메랑이 되어 발목을 잡고 만 것이었다. 그럼에도 광수는 국내 최연소 교수로 평생 강단에서 잔뼈가 굵었지만, 단 한 번도 불미스러운 일에 휘말린 적이 없었다. 그 흔한 스캔들 하나 없었다. 스캔들은 커녕 어떠한 외압에도 굴함 없이 80권이 넘는 다양한 장르의 저서들을 쏟아냈다. 연구실 구석에나 앉아 탁상공론이나 일삼으며 입으로만 정의를 도덕을 외치는 나약한 지식인과는 견줄 수가 없다. 감히 견주어서도 안 된다! 그의 사상·주장들이 옳고 그름을 떠나 적어도 그는 행동하는 지성인,

언행일치의 지성인임에는 그 누구도 부인할 수 없다. 이런 그에게 누가 감히 돌을 던질 수 있으며 누가 감히 돌을 던졌던가!

성호는 심층 밑바닥으로부터 깊은 연민과 함께 누구를 향한 것인지 모를 강한 분노가 치밀어 올랐다. 강한 분노로 머릿속은 이미 헝클어질 대로 헝클어져 있었지만, 애써 심호흡을 하며 학창 시절의 추억담들과 함께 간절히 말했다. 학창 시절 때부터 광수의 진면목을 잘 아는 성호만이 할 수 있는 말이었다.

— 마 선생, 다시 일어서게나. 마 선생이 어떠한 심정으로 어떠한 마음으로 그러한 글들을 써 왔고 주장들을 해왔는지 알만한 사람들은 다 아는 바가 아닌가. 누구보다도 제자들이 잘 알고 있지 않나. 그래서 끝까지 스승 편에 섰던 것이고…… 그러니 여기서 무너지면 안 되네. 뒤에서 조용히 응원을 보내고 있는 나 같은 사람도 있다는 것을 잊지 마시게.

마 선생, 한번 떠올려 보시게. 학창시절 때 말일세. 그때 마 선생은 얼마나 빛났었나. 발군의 글 감각과 그림 솜씨는 학교 전체의 자랑이었고 선망의 대상이지 않았나……

부디 다시 일어서시게. 펜을 잡으시게.

불쑥 학창 시절 얘기를 꺼내자 광수는 다시 담배에 불을 붙여 길게 빨아들이며 눈을 감았다. 먼 기억이라도 더듬는 걸까. 담배만 피우며 얼마간 침묵하던 광수는 운을 뗐다. 낮은 음성이었지만 짙은 향수가 묻어나왔다.

— 되돌아갈 수 없는 나날이라서 그런가. 손에 잡힐 듯 어제 일

처럼 정겹게만 다가오는 걸 보니……

　돌이켜보면, 자네 말마따나 대광 시절이 있었기에 지금의 내가 있는 건지도…… 문학 인생의 출발점이자 동기이기도 했고 예술적 소양들도 그때 배양되었다고 해도 과언이 아니지. 대광중·고교 시절이 있었다는 것이 내 인생의 큰 행운이 아닐 수 없어. 내 인생의 원점이었던 셈이지.

　너나없이 궁핍했던 시절이었지만 되돌아보면 그때가 가장 행복했던 시절이 아니었나 싶기도 하고……

　그나저나 고맙네. 이렇게라도 털어놓으니 마음도 한결 편안해지는 것 같네…….

　예술가로서는 금기를 깨는 저돌적인 면도 있었지만, 속은 여리고 겁많은 사람이었다. 내면은 순수한 데다 심약한 성정임을 잘 아는 성호는 갈 준비를 하다 말고 다시 한번 간절히 말했다.

　― 마 선생, 마 선생은 우리에게 각별한 존재임을 부디 잊지 마시게. 마 선생이라면 언제든 재기할 수 있으리라 믿네. 그러니 몸 건사 잘하시게.

　― 하도 욕 얻어 먹어 백 살쯤은 거뜬할 것 같네.

　광수는 성호를 안심시킬 양으로 가벼운 농까지 던지며 짐짓 웃는 얼굴로 대답했다.

　조간만 재회를 약속하며 두 사람은 그렇게 헤어졌다.

　좋은 벗이 병을 낫게 한다던가. 예기치 않았던 친우의 방문으로 심기일전한 광수는 책상 앞으로 가 앉았다. 성호의 간청이 아니더라도 광수 자신이 누구보다 잘 알고 있었다. 선생밖에 다른 직업이라곤 가져본 적이 없던 자신으로서는 아무리 고심해본들 글 이외에 뾰족한 수가 없다는 것을…….

몇 달 동안 초고로만 썩혀두고 있던 원고를 다시 펼쳐 들었다. 마지막이라는 심정으로 손끝에 힘을 주고 펜 끝에 힘을 주며 혼신의 기력으로 두 권의 책을 완성했다. 단편 21편을 묶은 「추억마저 지우랴」와 시 인생을 망라한 「마광수 시선」이었다. 더욱이 「마광수 시선」은 시집 인생의 총결산인 만큼 더 애착이 갔고, 조금이나마 대중들에게 더 어필하고 싶었다. 아니다. 좀 더 솔직해지자. 작품을 향한 애착도 애착이었지만 그보다도 당장 생활고의 타개책으로 대중들에게 더 어필해야만 했다. 그래야 수중에 몇 푼이나마 들어올 게 아닌가. 생각다 못한 광수는 프라이드고 뭐고 내팽개친 채 몇몇 국문학자들에게 서평·추천서를 의뢰했다. 그런데, 그런데 다들 짜맞춘 듯 이래저래 둘러대며 회피하고 거부했다. 역시 돌아온 것은 외면, 외면뿐이었다. 철저히 혼자라는 사실만 더욱 뼈저리게 각인시켜주었다. 여태 그렇게 당하고도 몇 푼의 유혹에 프라이드까지 내던지며 구걸한 자신이 우습고 비참했다. 껍데기 같은 육신도 거추장스럽기만 했다. 껍데기 같은 허상만을 붙잡은 채 아우성치는 세상도 참으로 우습고 가소로웠다.

광수는 한스럽게 중얼거렸다. '아, 이제 남은 게 무언가. 무엇이 내게 남았는가. 더 살길도 나아갈 길도 없구나. 오로지 내 뜻대로 되는 것은 이 목숨, 구차한 이 목숨 뿐……
 아무렴 어떠랴, 쾌락 못 할 바에야 마땅히 추락해도 무방하리라.'

 2017년 9월, 퇴임으로부터 일년 뒤, 광수는 스스로 이 땅을 버렸다.
 한 많은 이 땅을…… 한만 남긴 채…….

에필로그

가장 변태적인 놀이꾼을 우리는 천재라고 부른다던가. 이러한 놀이꾼을 얼마나 인정하고 수용하느냐에 따라 그 사회의 민주화·개방화 여부를 재는 바로미터가 된다.

한국은 어떠한가. 마광수가 고발한 위선의 사회로부터 얼마나 깨끗해졌는가. 그를 단죄했던 사람들은 또 얼마나 깨끗한가.

상기해 보라. 마광수가 세상을 떠난 지 채 일 년도 되지 않아 '미투'가 터졌다. 그때 소위 사회 지도층 인사들의 실태는 어떠했는가. 아니, 그리 멀리 갈 것도 없다. 예나 지금이나 정계·문화계·학계는 물론 심지어 종교계까지 성 일탈은 새삼스러울 것도 없다. 마광수가 꼬집은 대로 이 나라의 성 실태는 쓰레기통에 뚜껑만 덮어 놓았을 뿐, 악취 나는 세태는 현재진행 중이다. '낮에는 신사, 밤에는 야수,' 이 기이한 이중성의 세태도 여전하다. 이럴진대 어찌하여 마광수는 한국 사회로부터 철퇴를 맞았는가. 바로 그것은, 야한 소설은 명분일 뿐, 감히 그 누구도 건드린 적이 없던 기득권자들의 역린을 건드리고 치부를 까밝히며, 철옹성과도 같은 그들만의 아성을 깨려 했기 때문이었다. 그래서인지 이 글을 쓰는 내내 내 머릿속에는 한 인물이 떠나지 않았다. 남성 중심의 조선 사회를 향해 여자도 인간으로 살고 싶다고 외친 대가로 사회로부터 철퇴를 맞았던 신여성, 바로 나혜석 말이다. 가부장적인 조선 사회에 맞서 봉건의 벽과 투쟁하다 객사한 나혜석, 통념·금기에 도전장을 던진 대가로 비극으로 생을 마감한 마광수, 이 둘은 무엇이 다르랴. 시대만 달랐을 뿐, 그 대가는 죽음이었다.

상전벽해의 변화를 거치며 시대가 달라졌음에도 우리는 여전히 나와 다르고 우리와 다른, 특이한 인재 하나 수용 못 하는 사회에 살고 있다. 다른 것은 차치하더라도 소설 한 권으로 제 운명을 살 수 없었던 마광수가 이를 증명하고도 남지 않는가. 이럴진대 에디슨, 아인슈타인은 고사하고 어찌 제2의 나혜석·마광수가 나오겠는가. 단언컨대, 나오지 않을 것이다. 왜냐? 우리는 암암리에 알아버렸기 때문이다. 사회가 정해놓은 틀 속에 갇혀 있어야 안전하다는 것을. 정해진 궤도를 벗어난 자는 짓밟힌다는 것을.

　그리고 알아버렸다. 나혜석이나 마광수는 사회적 타살이었다는 것을…… 하여 꿈꾸는 자는 도래하지 않을 것이다.

　그럼에도, 그럼에도 기적적으로 도래한다면 그때는, 그때야말로 마냥 꿈꾸게 내버려 둘 수 있을까?

　우리는 잊고 있었다. 어느 시대든 금기에 도전하고 통념을 깨기 위해 저항한 이단아들이 있었기에 세상은 진화하고 역사는 바뀌었다는 것을……

　그리고 잊고 있었다. 꿈꾼 이들이 있었기에 우리도 꿈꿀 수 있다는 것을…….